Bettina Hesse
Jahreszeiten des Verlangens

Zu diesem Buch

Eine Frau sitzt erwartungsvoll und sehnsüchtig im Zug, um ihren Liebhaber zu treffen, als sie plötzlich von einem fremden Mann angesprochen wird ... Ein Mädchen spürt, wie sich die Welt öffnet, als sie das Kinderleben beherzt hinter sich lässt ... – In den Geschichten von Bettina Hesse ergreift ein Blick, ein Geruch, eine Stimme die Phantasie und entführt aus dem normalen Leben in ein Abenteuer. Frauen und Männer begegnen sich leidenschaftlich auf Reisen oder in einer Warteschlange, im Beruf, in der Natur und bei der ersten Liebe, und sie wagen die Lust vorsichtig oder voller Mut. Poetisch und in ganz eigenen Bildern sprechen die »Jahreszeiten des Verlangens« alle Sinne an: Sie öffnen einen Raum, in dem etwas vom Geheimnis der Erotik sichtbar wird – spielerisch, zart, besessen.

Bettina Hesse, 1952 in Düsseldorf geboren, lebte nach dem Studium elf Jahre in Italien, heute mit ihren beiden Söhnen in Köln. Ihre Erzählungen erschienen in Zeitschriften und Anthologien. Als Herausgeberin betreute sie Werkausgaben von de Sade, Goethe, Sacher-Masoch und Gogol sowie die erfolgreichen erotischen Lesebücher »Heiß und innig«, »Feuer und Flamme«, »Mehr Sex«, »Von Sinnen«, »Kein Herz, das mehr geliebt« und »Geliebte Lust«.

Bettina Hesse
Jahreszeiten des Verlangens

Erotische Geschichten

Piper München Zürich

Originalausgabe
November 2002
© 2002 Piper Verlag GmbH, München
Umschlag/Bildredaktion: Büro Hamburg
Isabel Bünermann, Julia Martinez/
Charlotte Wippermann, Katharina Oesten
Umschlagfoto: Mamad Mossadegh
Gesamtherstellung: Clausen & Bosse, Leck
Printed in Germany   ISBN 3-492-23712-6

www.piper.de

I came across the ocean
to greet you with a smile

Inhalt

Rüben und Kuss

Als wir ankamen, regnete es. Die Rucksäcke trieften, und der Bauer wies mit dem Kopf zum Ofen. Dort konnten wir sie trocknen und uns aufwärmen.

– Gleich kommt der Gerd vom Feld und zeigt euch das Zimmer, war alles, was er zu sagen hatte. Wir setzten uns. Alma machte ein verzweifeltes Gesicht, sie hatte ihre Gummistiefel vergessen, dabei waren sie auf der Liste unterstrichen gewesen. Ich versuchte sie zu trösten.

Die niedrige Holztür ging auf, herein schob sich eine Schulter mit angewinkeltem Arm und einem Kopftuchzipfel darüber. Sofort drehte sich der Rest der Frau zu uns und sie fing aus rundem Gesicht an zu lächeln. Sie eilte auf den Küchentisch zu, schüttete ihre Schürze voll erdiger Karotten aus und schnaufte freundlich.

– Ihr seid das also, die helfenden Hände. Dies Jahr haben wir so viel Rüben wie noch nie!

Das Kruzifix an der Wand wuchs der Bäuerin genau aus dem Kopf.

Es wurde schon dunkel, als sie uns den Hof gezeigt hatte. Zum Schluss die Ställe. Ich mochte den Geruch und die Wärme. Alma durfte Andres' alte Gummistiefel anziehen, aus denen er herausgewachsen war.

– Mit dreizehn schon so große Füße!, stöhnte die Bäuerin. Ein Satz, den meine Mutter unentwegt sagte, und ich war erst zwölf.

Im Kuhstall lief die Melkmaschine und machte ein Geräusch, das sich wie zutzelnde Rasenmäher anhörte. Wir sahen zu, wie die Zylinder Milch aus den Eutern sogen und in die dünnen Schläuche pumpten, alle paar Sekunden vier kleine Schwälle. Dann gingen wir zurück in die Küche, die Bäuerin hängte ihr durchnässtes Kopftuch an den Ofen.

Als ich vom Feld komme, sitzen da Mädchen in der Küche. Sechs Mädchen! O Gott! Vater hat irgendwas gemurmelt, aber ich konnte es nicht verstehen bei laufendem Trecker und dem Regen. Warum hat Andres mich nicht gewarnt? Hat er sie noch gar nicht entdeckt? Was soll ich bloß sagen.

– Hallo! Es kommt ganz rau raus. Die Mädchen sitzen um den Tisch und kichern. Ausgerechnet jetzt juckt mein Sack. Eine von ihnen beugt sich über die Rucksäcke, die dampfen. Sie hat einen blauen Faltenrock an und man sieht ihre Kniekehlen.

Die Tür geht auf, Andres ruft: – Mama hat gesagt, du sollst ihnen das Zimmer zeigen!

Sofort verschwindet er, muss die Melkmaschine von den Zitzen pflücken. Ich bin wieder allein mit den Mädchen.

– Ja, das wär nett, sagt jetzt die Große. Sie ist etwas älter als die anderen. Plötzlich kommt Bewegung in die blaue Truppe – die Mädchen haben alle solche Röcke an und hellblaue Hemden mit Taschen auf der Brust und einen Gürtel mit Koppelschloss. Ein Schemel fällt um, die mit den blonden Locken fängt laut an zu lachen. Dann gehe ich als Erster raus. Welches Zimmer? Kann ja nur das sein, wo früher die Großeltern geschlafen haben. Ich führe sie hin. Ihre Rucksäcke schleifen über den Boden.

– Da, sage ich und mache die Tür auf. Die Mädchen drängeln ins Dunkel.

– Huuch, kichert die Erste, bleibt stehen, die Nächste läuft stolpernd auf, und während ich zum Lichtschalter lange, spüre ich an meiner Handfläche etwas Weiches … eine Brust, ganz leicht im Vorbeistreifen. Endlich der

Lichtschalter. Es muss die Blonde gewesen sein, die Brust der Blonden. Jetzt im Hellen kann man alles sehen. Hübsch ist sie, mit großen Augen im Gekringel der Haare. Sie hat keinen Muckser von sich gegeben. Als endlich alle Mädchen im Zimmer sind, schließe ich die Tür langsam – im letzten Spalt sehe ich, dass sie mich anschaut.

Zum Abendessen gab es Möhren und Kartoffeln untereinander. Noch nie hatte ich das gegessen, war gut. Die Küche glühte zwischen den beschlagenen Fensterscheiben. Manchmal war das Ticken der Uhr lauter als wir sprachen. Alle saßen um den Tisch, der Bauer, seine Frau, die beiden Brüder und wir. Der ältere mir genau gegenüber. Er hielt den Kopf gesenkt und löffelte das Gemüse mit rotem Gesicht, was aber nicht rund aussah, eher flächig. Ob er wusste, dass er mich berührt hatte? Meine Brust. Die Spitzen wurden irgendwie hart, dabei war es gar nicht kalt in dem Zimmer, aber meine Brustwarzen drückten an die Naht der Körbchen.

Kicherle erzählte dann ein bisschen von uns. Was wir so machen bei der Pfadfinderinnenschaft St. Georg, warum wir in den Kartoffelferien auf dem Hof helfen.

Da schaut er – wie heißt er denn noch – unter seinen wuscheligen Haaren zu mir hin. Ganz kurz nur. Mir wird heiß, und flau im Magen. Ich rutsche auf der warmen Bank in Almas Richtung. Meine Oberschenkel brennen, der blöde Wollrock scheuert. Wieder spüre ich meine Brustspitzen. Da liegt sie vor mir, seine Hand, die mich berührt hat, den Daumenballen nach oben. Ob die Kühe sie wohl vermissen, jetzt im mechanischen Griff der Melkmaschine. Gerade hat die Bäuerin den Tagesablauf und unsere Pflichten aufgezählt, ich höre nur, um sechs gibt es Abendessen und dann ist frei. Also jetzt! Nur noch abwaschen.

– Und dass eins klar ist, sagt der Bauer laut, den Traktor fahren außer mir der Gerd und der Andres, und sonst niemand. Gerd heißt er, Gerd.

Mitten in der Nacht wache ich auf und denke, ich bin blind. Es ist stockdunkel. Alma und Kicherle neben mir atmen lauter als die anderen. Mein Bauch schmerzt, drückt komisch. Ich sehe Gerd vor mir am Küchentisch sitzen, seine weichen Lippen spitzen sich zu, und kurz bevor er sie mit dem Löffel berührt, öffnet er den Mund, und rund und rosa liegt die Zunge in ihrem Bett. Wie am Meer auf einer ganz hohen Welle wäre es, darauf zu liegen. Weicher als die Wölbung seines Kinns. Ihm wächst schon ein Bart. Ich möchte keine Kniestrümpfe mehr anziehen. Als er gestern im Türspalt stand, sah er mich an, nur mich, mit flammendem Gesicht. Er wusste also, was er gestreift hatte, hat sein Streichholz an meinem Busen entzündet. Was ist bloß mit meinem Bauch?

Es ist acht, wir ziehen los aufs Feld. Die Mädchen stapfen in Gummistiefeln durch den feuchten Boden. Menschen laufen anders als Tiere. Sie geht direkt vor mir. Ich kann sie riechen. Sie kennt das Laufen auf matschigem Boden nicht, gegen Ende werden ihre Bewegungen ganz schnell, bevor sie wieder in die andere Richtung schwingen. Ich darf ihr nicht in die Hacken treten, passe lieber auf. Ihre Haare vor mir leuchten, sie wippen anders als ihr Hintern, der in Hosen runder aussieht, besser so, nicht der Rockhintern meiner Mutter. Wann sind Mädchen läufig? Bestimmt nicht im Herbst. Nicht zur Rübenernte. Die Rüben müssen diese Woche noch rein, bald gibt es Frost.

Während der Arbeit merke ich die Bauchschmerzen kaum. Nur den Rücken. Sich bücken, zwei Rüben am Strunk gepackt und auf den Haufen werfen, sich wieder bücken; Reihe für Reihe, Fuhre um Fuhre. Gut, dass ich nicht so groß bin. Gerd arbeitet einige Reihen weiter. Er ist schnell. Und kraftvoll. Ich sehe, wie sich seine Schulterblätter unter den Trägern der Latzhose spannen, die filzige Wolle des Pullovers wird von den Muskeln angehoben. Manchmal sind wir gleichzeitig an einer Feldseite angelangt, und sein Blick sucht mich, streift meine Augen, meine Brüste, mein Haar und ich fühle mich da lebendig, wo seine Augen mich berühren. Jetzt tobt mein Bauch. Tut er auch beim zweiten Frühstück. Ich bringe keins der Rübenkrautbrote runter, obwohl die Butter selbst gebuttert ist. Dann muss Gerd was am Trecker nachsehen, er läuft nicht richtig. Ich auch nicht. Als wir alleine aufs Feld zurück müssen, reißt es in meinem Bauch wie verrückt.

Ich fahre zu den grünen Augen. Sie hat grüne Augen. Immergrün. Noch nie habe ich diese Farbe gesehen, es gibt sie hier nicht. So wie ihr Blond, sonnenbeschienene Ähren, aber nur in Träumen. Es leuchtet sogar unter diesem graufeuchten Himmel. Der Traktor holpert viel zu langsam den Farben entgegen und dem Runden. Ich halte das Schneckentempo kaum aus. Da sehe ich die sechs gekrümmten Rücken auf dem Feld, sechs kleine Bögen, wie unbeholfene Tiere, Arbeitstiere ... Aber ein Rücken biegt sich schön. Ich erkenne ihn sofort am Bogen, eleganter, und natürlicher, kein Kaltblut, ein Rücken mit zwei Seiten, vorne rund und hinten runder. Dieses Wunder will ich! Nur wie? Der Schaltknüppel wippt und zittert, sie richtet sich auf, streckt sich, entdeckt mich, sieht mich an, grüner Stich, und lächelt, lächelt bis laute Rufe mich aus der Flut reißen ... Halt an! Stopp! Der Rübenhaufen zerbricht kollernd.

Letzte Fuhre. Meine Stiefel stecken im Matsch, ich komme nicht weg. Die anderen Mädchen sind schon dabei zu gehen. Ich ziehe und zerre und kriege plötzlich nur meinen nackten Fuß raus. Gerd lacht. Oh, im Bauch klingeln weiche Glocken. Ich will nicht im Matsch angewurzelt bleiben, versuche den Fuß wieder in den schmalen Stiefel einzutauchen. Das ist schwer. Wir sind allein, die restliche Gruppe geht gerade zum Hof. Gerd kommt näher. Als Storch tauge ich nichts, verliere das Gleichgewicht, doch bevor ich falle, fühle ich schon die kalte nasse Erde zwischen den Zehen. Gerd lacht wieder.

– Soll ich dir helfen? Nein! Ja, nein. Doch, komm und lach nochmal … Der Matsch ist schrecklich!

– Ja, sage ich und kann ihn nur anschauen. Er steht direkt vor mir, rot, mit seinen Händen und großen Daumenballen. Halt mich, fass mich an …

Ich kann mich nicht halten, der Socken ist im Stiefel, was soll ein weißer Socken an einem erdigen Fuß? Gerd atmet, mir ins Gesicht – Äpfel, Stuten, Zwiebeln.

– Halt dich an mir fest, sagt er, Baum mit Schultern. Ich greife zu, ein warmer Baum, fasse seinen Oberarm, an dem der Muskel schwillt, sein Unterarm schmiegt sich an meinen, die Hand greift ihn sicher, legt sich von unten darum und drückt sachte. Mein Bauch. Der Boden weicht, seine Hand hält fester, ich leicht wie nie. Bin ganz Busen in seinem Griff. Alles weit weg. Setze meinen Fuß ab wie einen Vogel auf seinen Stiefel. Muss jetzt nicht fliegen. Bin da. Sein Gesicht ist zwischen meinen Armen – seine um meinen Bauch.

Als wir abfuhren, lag der Hof unter einer weißen Decke.

Jahreszeiten des Verlangens

Mein Geschlecht hat den Winterschlaf angetreten.

Es fiel mir erst nach einer gewissen Zeit auf – wann hatten wir uns zum letzten Mal geliebt? – und blieb auch dann noch unwirklich entfernt, so als habe man etwas verlegt, nicht aber verloren. Anfänglich fehlte nur manchmal die Lust. Kein Grund zur Beunruhigung, dachte ich. Doch dahinter schrie es aus dem dunklen Gehölz: Was, ausgerechnet dir! Ich beachtete die Schreie nicht weiter. Es würde sich schon alles geben. Zum Sex gehörten schließlich zwei. Blindlings vertraute ich auf den Mechanismus bewährter Instinkte. Früher oder später. Und wenn nicht, tat sicherlich eine Pause gut.

Die Pause war lang. Mich beschlich der Verdacht, dass sie das eigentliche Stück sei, das gespielt wurde. Dann trat eine Phase ein, in der es weniger an Lust fehlte, sondern sich eher widrige Umstände vor das Problem schoben, denn als solches empfand ich es allmählich: Der höllische Arbeitsrhythmus, die Müdigkeit – ja, wenn wir uns sahen, waren wir häufig zu müde – kurze Krankheiten, die die Pause verlängerten, begleitet vom stets respektierten Wunsch, im Bett noch ein wenig zu lesen. Und am ersten Abend ohne Hindernis wollten wir nicht sofort die Gelegenheit ergreifen wie ausgehungerte Pubertierende.

Derweil versuchte ich die Vorzüge dieser lustlosen Zeit zu entdecken, verglich sie mit dem Winter, in dem man Wärme und Geborgenheit schätzen lernt, suchte unseren Winter nach den neuen Werten ab, zweifelte, ob ich sie vielleicht noch nicht erkennen könne, irrte, alles in allem, orientierungslos in den Untiefen des Verlangens herum.

Ich bin mit Laszio verabredet. Das Gefühl ist unbeschreiblich. In mir herrscht Aufregung, wie beim ersten Rendezvous mit vierzehn, im geliehenen gelben Pullover, der schrecklich ausgesehen haben muss zu meinen blonden Haaren, aber Gelb war Mode. Jetzt also wieder die gleiche unschuldige Frage, was soll ich anziehen. Am liebsten würde ich nackt gehen, dann käme kein Bild zustande, und er wüsste gleich, woran er ist. Ach Laszio! Wie gut, dass wir uns zufällig wieder gesehen haben, denn du bist kein Mensch von Verabredungen.
　Jemand hat für uns auf Rouge gesetzt.

Im Bett liegend versuchte ich mich immer wieder an jenen fernen Taumel zu erinnern, in den ich jedes Mal geraten war, dieser Strudel, der alles andere untergrub und hinter sich ließ, Beherrschung, das Verrauschen der Zeit, nichts war mehr wichtig, nur das Wesentliche blieb im Moment höchster Lust stehen! Wie weit war das entfernt: entrückte, wie aus einer Ohnmacht vernehmbare Stimmen. Die kleinen Orgien, die nur Appetit auf größere hervorriefen. Unvorstellbar, wenn ich an die ruhelosen Nächte ohne Liebhaber dachte, wie es in mir andrang, mich beflügelt hatte zum Unerhörten, Hemmungslosen, wie ich immer mit mir gefeilscht hatte, die Gier der Suche nicht in Erniedrigung enden zu lassen. Nein, den Erstbesten nimmst du nicht, du stellst Ansprüche wenigstens ans Aussehen … Und wenn es dann endlich so weit war, dieses immense Vergnügen am Unbekannten, am Fremden der Wünsche, das Tanzen in einer Mal um Mal neuen Lustform.

Ich entscheide mich also doch für Kleider, das schwarze, das um den Körper schwingt wie in dem einen Tanztheater, ich muss die Sommerluft zwischen dem Kleid und mir spüren, allein das gibt mir Kraft, um diesen Mann zu treffen, der sich meiner einfach bemächtigt hat, aus der Schlange heraus, in der wir beide zufällig standen, so klar und mit dem aufrichtigen Ernst eines Gedichte vortragenden Kindes, was mich für ihn gewann und schon im Voraus auf ihn einstimmte, während meine erregten Wünsche vor Neugierde platzten.

Die Zeiten ändern sich eben, hatte ich mir gesagt. Und doch war ich davon überzeugt, Liebesverlangen könne keiner schnöden Veränderung anheim fallen. Es schien mir eine Frage des guten Überlebens. Und das verletzliche Geschlecht ignorieren, rächt sich! In meiner Ratlosigkeit hielt ich das für unabwendbar.

Irgendwann war das Erholsame am Pauseneffekt vollständig aufgebraucht. Mich peinigten ernsthafte Zweifel. Verschwunden jenes immer wieder behutsame Wachwerden der Begierde, wenn ich ihn in meiner Nähe spürte, jenes Kribbeln in der Lendengegend, das bis zum Zittern in dunklem Verlangen anwuchs. Wie konnte sich Anziehung so verflüchtigen?
Σ War sie denn nicht ein Phönix?

– Sie sehen aus, als wollten Sie mehr, als es hier gibt!, sagt er einfach, und ich fühle mich gleich blöde ertappt, lege mir schon die Replik zurecht, doch seine Stimme gefällt mir, und als ich ihm in die Augen blicke, trifft mich mit flammender Sehnsucht die Erkenntnis, dass wir es wollen. Drei Tage ist das her! Eine kleine, neue Zeitrechnung hat seitdem begonnen.
Da sieht mich ein Fremder, spricht diesen im Grunde

belanglosen Satz in mein Gefühlsdunkel, und gleich erscheint mir alles lebhafter, farbiger, ich lächle plötzlich, noch bevor ich den Impuls zum Lächeln verspüre, sehe seinen anzüglichen und warmen Blick und den vergrößerten Abstand zwischen Mund und Nase, eine meiner Schwächen bei Männern.

Aber ich wollte doch die Geschichte erzählen, von den Jahreszeiten des Verlangens. Verlangen, das einfach davonfliegt, wie die Vögel im Herbst. Vielleicht muss man die Begierde anders betrachten, es als ihr gutes Recht ansehen, dass sie ab und zu das Weite sucht, um zu überwintern, zu überleben. Wer weiß, ob sie nicht mit neuen Kräften zurückkehrt.

Nur, wie soll man auf Packeis tanzen?

Versuche, die verlorene Lust einzuholen, machten ihr Ausbleiben nur quälender. Mit gutem Willen war dem nicht beizukommen. Im Gegenteil, er verschlimmerte alles, verunstaltete Atmosphäre zu greller Direktheit.

Wie an jenem Abend, an dem wir zufällig einen Sex-Film im Fernsehen gesehen hatten. Sicher, kein Hardcore, aber anregend genug, um alle Zigaretten aufzurauchen, und mich, als ich endlich bei Filmschluss die Blase erleichterte, in eine wohlig ziellose Geilheit gleiten zu lassen.

Ich achtete darauf, zuerst im Bett zu liegen, um jedem auch noch so ungewollten Vergleich meiner Auszieh-künste mit der gerade bestaunten Professionalität der Pornodiva aus dem Weg zu gehen. Während ich ihn im Bad Zähneputzen hörte, versuchte ich dem Begehren das gewünschte Ziel zu geben, es vorsichtig auf diesen Mann hinzulenken, zu kanalisieren. Dabei verlor ich mich unversehens in der Kindheitserinnerung, irgendwelche eroberten Wasserquellen umzuleiten, mit den Händen im Schlamm.

Dann kam er, und alles schien wie immer. Und doch

brachte mich die Vorstellung um, jetzt mit ihm zu schlafen. Allein der Gedanke daran! Er packte das Verlangen, bis es sich völlig verrannt hatte. Schrecklich! Wie eine Falle, die zuschnappt. Zack! Die Vorstellung der Liebe tötet die Liebe. Ob er meinen Widerwillen erriet, der nicht ihm, sondern allein der Idee galt! Würde seine Männlichkeit dem standhalten?

Und wenn er jetzt einem ähnlichen Gedankengrauen verfiele! Dieser Zange, die dem Rest Unbeschwertheit zuvorkam und der Lust den Weg abschnitt. Wie verselbständigt, uns mit Häme beobachtend. Ein leibhaftiger Zuschauer wäre anregender gewesen.

Natürlich machten wir es dann doch.

Natürlich war es gar nicht so schlimm.

Aber um Hoffnung zu wecken, reichte es nicht.

Ein anderes Mal hatte ich den Stier bei den Hörnern packen wollen. Die lustlos vergangene Zeit erschien mir wieder viel zu lang. Wie oft ist es ein winziger Schritt ins Unerwartete, der in den magischen Zirkel der Begierde führt. Ich ließ also die schlüpfrig, halbseidene Atmosphäre spezialisierter Wäscheboutiquen, den Beratungswahn des Personals über mich ergehen und fand mich zu Hause mit einem Set schwarzer Reizwäsche wieder, das ich für meine Zwecke als ausreichend verführerisch ansah. Es stand mir hervorragend. Am Abend dann war ich beflügelt genug, mich mit selbstbewusster Nonchalance zu zeigen.

Der Ahnungslose sah mich, begriff und war fassungslos. Er begann zu weinen.

– Was bist du nur für eine Frau!, sagte er dann, und ich dachte, ja, was für eine.

Nach diesem Vorfall unternahm keiner mehr etwas.

Kam es zu Begegnungen, waren sie entweder Frucht ausgiebiger Trinkereien, oder mühselig dem Glatteis der Annäherungen abgerungen und selten. Sie erinnerten an dieses mulmige Gefühl von Wiedergutmachungsversuchen, wider besseren Wissens. Geschmäcklerisch, so kam es mir vor, die Stimmigkeit retten, als ginge ein Schwuler eine Hetero-Ehe ein, um, was auch immer, zu bemänteln.

Es war bei einem solchen Versuch, dass ich mich ertappte, an andere zu denken. Nein, nicht an Schauspieler oder *interessante* Männer, ich hatte als Liebesersatz weder den verführerisch riechenden Kollegen noch den jungen Unbekannten aus der U-Bahn vor mir, es waren Phantasiegestalten, geboren in harmlosen Wartezeiten, meistens mit festen massigen Körpern und ohne bestimmende Charaktereigenschaften ... Aber perfekt waren sie. Zielstrebig, ohne Umschweife, alle Energie beschränkte und erschöpfte sich auf einem halben Kubikmeter. – War nicht der Orgasmus die auf einen Punkt konzentrierte, geballte Energie? Intensität als Zeitpunkt. Eine winzige Versöhnung von Raum und Zeit gewissermaßen.

Oh, was ward ihr gut, ihr imaginierten Liebhaber, tatet alles, was ich wollte, nur nach dem Diktat meiner Lust, doch ohne mit ihr eins zu sein: Losgelöste freie Wesen ward ihr, gabt euch nicht als meine Geschöpfe zu erkennen: Und genau daraus entstand das Vergnügen. Und es war unerschöpflich.

Ich gab mich nun ausschließlich mit diesen zur Liebe Geborenen ab. Eine genießerische Gewohnheit und eine sehr glückliche Zeit! Nie haben sie meine Wollust verraten. Ob die Götter einst so liebten?

Selbstverständlich duldete ich kurze Begegnungen mit dem Immergleich-Entfernten. Sie amüsierten mich fast.

Ich war jetzt in der Lage, die Pein milder zu empfinden, der Genuss an meiner vielseitigen Welt gab mir Gelassenheit.

Laszio, seinen Namen schrieb er mir am nächsten Morgen auf die Fußsohle, nimmt mich unwiderstehlich entschlossen bei der Hand und lässt sie auch später im Hotel nicht los, nur rutscht sein Griff ums Handgelenk, als ich schon auf ihm sitze, vor Lust vergehend, und er führt meine Hand und legt, presst sie auf seinen Mund, und mit unserer Steigerung muss auch ich den Druck vergrößern, immer fester, erst als sein Glücksstöhnen heiß in der Nässe meiner Handfläche verebbt, löst sich die Verbindung ...
An ein Wiedersehen war nicht zu denken!
Intimitäten sind einmalig.

Meine Verführungskünstler beanspruchten mich richtig. Natürlich zwangen sie mir nicht ihren Willen auf, aber sie kamen immer häufiger, um mich die Lust zu lehren. Willig ließ sich mein Geschlecht in das Spiel hineinziehen. Von ihnen aus dem Winterschlaf geweckt zu werden, mit ihrer unfehlbaren Sicherheit im Vergnügen ihren immer raffinierteren Methoden beim Kitzeln und Erfüllen von Wünschen, wer würde sich da schon wehren. Und je vertrauter sie mit mir umsprangen, umso mehr wuchs die Begierde. Auf beiden Seiten, wie mir schien. Sicher hätte ich alles getan, was sie von mir verlangten, um ja nicht dieses einzige, warme Universum zu verlieren. Ich begann an nichts anderes mehr zu denken. Die Welt außerhalb meiner Lustbringer verblasste mehr und mehr. Bis sie ganz unwesentlich war.

Himmel, ich muss mich beeilen! Ich trödle hier rum, vergesse völlig die Zeit. Wolken sind aufgezogen. Vielleicht wird es regnen. Ob er den Sommerregen auch so mag?

Plötzlich befällt mich Angst vor unserem Wiedersehen. Es ist unvorstellbar, sich außerhalb des Zufalls mit einem solchen Menschen zu treffen! Irgendetwas an unserer Begegnung erscheint mir unglaubwürdig, so glatt und reibungslos, wie alles ging. Beim Glück, das man auf der Straße aufliest, ist Misstrauen geboten. Dieser scheinbare Segen, kann er nicht unvermittelt in ein Debakel umschlagen? Jede Begierde zerbricht doch am Verrat der Wiederholung? Vielleicht ist es besser, die Liebesnacht in ihrer Einmaligkeit zu erhalten und Laszio nicht wieder zu sehen. Doch dagegen sträubt sich mein Inneres, tobt.

Ach, ich vergaß zu erzählen, dass der unbegabte Mann mittlerweile aus meinem Leben verschwunden war. Wir hatten uns getrennt, was ganz ohne Streit abging. Bei mir hatten die Geschöpfe des Verlangens Oberhand gewonnen! Mit sanfter aber intensiver Gebärde nahmen sie das Lästige, die Last der Realität von mir. Jetzt muss ich erst wieder lernen, wie hart der Boden ist, auf dem man geliebt wird. Steinhart.

Ich fasse mir also ein Herz. Während ich die ersten Regentropfen auf das staubige Pflaster fallen höre und ihr eindeutiger Geruch den meiner Aufregung überdeckt, schlüpfe ich in meine Lieblingsschuhe, auf Strümpfe habe ich verzichtet, wenn auch die leichte Brise die hellen Härchen an den Beinen aufrichten und sichtbar machen wird, schließe das sommerliche Fenster und die Wohnungstür, kehre noch einmal um, für das vergessene Parfüm – bloß nicht zu viel drauftun – es ist spät, ich muss los, gut, dass ich keine Zeit habe, auf das heillose Durcheinander in meinem Kopf zu achten, es würde alles nur schlimmer machen. Ich gehe zu Fuß, das ist sicherer, wird er warten, ja, Laszio bestimmt, der Regen soll mich kühlen und beruhigen ... ich gehe mit Tropfen auf der glühenden Stirn, und mir fallen meine begnadeten Liebhaber ein, und ich beschleunige meinen Schritt, von Bildern umgeben, sie winken mir zu, die Liebesgeschöpfe, ich beginne zu laufen, schneller, schneller, aber ich kann nur an sie denken ...

Bericht

– Wenn das Geld ausgeht, muss ich mir etwas einfallen lassen, sagt sie strahlend und macht nicht den Eindruck, als ob ihr nichts einfiele.

Eine bemerkenswerte Frau. Sie ist wählerisch, weder an einen Ort noch an eine feste Arbeitszeit will sie gebunden sein. Sie habe, lächelt sie, die neue Beschäftigung für sich »erfunden«. Und die Gewöhnung daran sei ihr nicht schwer gefallen. Ihr Arbeitsplatz ist mobil: der Intercity Mailand-Rom, verkehrend zwischen Kopf- und Kopfbahnhof. Auf diese Weise kann sie arbeiten, wann sie will. Wo immer sie ist, wenn es ihr gefällt, sagt sie, besteigt sie den nächsten Zug, der sie zu einem der beiden Abfahrtsbahnhöfe bringt. Für diese Strecke löse sie grundsätzlich zweiter Klasse, erzählt sie mir, das erhöhe ihre Arbeitslust.

– Inwiefern, frage ich verwundert. Vielleicht fehlt mir als Mann ein Stück jener Phantasie, die sie zu beflügeln scheint. Sie erklärt mir, dass es ein Genuss sei, die Rollen in einem engen, stickigen Abteil zu tauschen. Das Draußen, wo die Hitze glühe, herrsche über das Drinnen. Jeder zahle mit seinem Anteil Schweiß. Ihr käme ein Zug voller harmloser Mitreisender vor wie ein lang gestrecktes Salzwerk. Dann erzählt sie mir von dem Unterschied zwischen professionellen und privaten Zugfahrern. Die Profis seien meistens still, schlafend oder lesend, und manchmal schauten sie vom Buch auf, um ihre Blicke gleichmäßig auf die Mitreisenden zu verteilen. Die Privaten seien häufig Frauen mittleren Alters.

– Sie unterhalten sich aufgeregt und reden so lange, bis sie ihre Familienfotos herumzeigen können.

Merkwürdig, ihre grauen Augen schimmern auf einmal grün.

Es gäbe auch Zwangsneurotiker, fährt sie fort, Personen, die leise brummelnd ein einziges Buch läsen, den Fahrplan, in dem sie verbissen oder mit abrupten Bewegungen blätterten.

– Und was machen Sie? frage ich und spüre, wie meine Neugierde wächst.

– Ich bin still und konzentriere mich auf meine Arbeit. Wenn ich gezwungen bin, zu reden, antworte ich, ich sei Schauspielerin, zudem Ausländerin, auf der Durchreise, sagt sie freundlich. Scheinbar kennt sie den Betrieb.

Ob ich sie mal bei ihrer Arbeit begleiten darf, will ich wissen, und ich bin mir nicht sicher, wie sie reagieren wird. Einen Moment lang werden ihre Pupillen kleiner, während sie mich unverwandt ansieht. Ihr Blick ist seltsam, sphinxhaft. Dann bricht sie plötzlich in Gelächter aus.

– Ihr armen Journalisten müsst immer dem Leben hinterherrennen. Und bevor ich etwas sagen kann, wird sie wieder ernst.

– Da ich blank bin, völlig abgebrannt, arbeite ich heute Abend. Wenn Sie keinen Unfug machen und mir nicht das Geschäft verderben, können Sie gerne mitfahren.

Ich bin begeistert. Wir verabreden uns vor der Abfahrt des Zuges zum Abendessen. Sie ist schon umgezogen, sieht elegant aus. Während wir beim Aperitif sitzen, erzählt sie, dass sie in Rom ihren Martini gewöhnlich in der großen Bahnhofsbar trinkt. Wir essen.

– Signori, il secondo!, sagt der Kellner laut in unsere angeregte Unterhaltung.

Sie schaut amüsiert auf.

– Na, wenn das Fleisch hält, was die Vorspeise verspricht!

Der Kellner lächelt.

– Sie werden zufrieden sein, Signora.

Ich erfahre weitere Einzelheiten über sie und ihre Arbeit, die ihr Spaß macht, weil sie Abwechslung liebt.

In Rom scheint sie Freunde zu haben, bei denen sie baden, sich zurechtmachen kann. In Mailand – sie mag diese Stadt nicht besonders – isst sie oft mit den Schlafwagenschaffnern aus Deutschland, die sich in einem billigen Restaurant treffen, bevor sie sich, vom unregelmäßigen Dienst übermüdet, in einem drittklassigen Vertragshotel schlafen legen. Dort nutze sie, erfahre ich, die Gelegenheit zum Baden und Umziehen, obwohl der dickwanstige Pächter fortwährend versuche, sie anzumachen.

Es wird Zeit. Ich bin schon leicht betrunken, als wir das Lokal verlassen und ein Taxi nehmen. Ihr süßliches Parfüm fällt mir auf. In der Nähe des Bahnhofs lässt sie mich aussteigen; sie möchte vermeiden, dass man uns zusammen sieht. Aus einiger Entfernung beobachte ich, wie sie sich gelassenen Schrittes ihrem Arbeitsplatz nähert – und folge ihr.

In den Händen der Schaffner, die nervös hantierende Geschäftsleute für ein Kreuzchen auf ihrer Reservierungsliste zappeln lassen, häufen sich die Schmiergelder, gezahlt für versäumte, aber obligatorische Platzreservierungen. Amüsiert registriere ich die verhaltene Spannung, die jedoch bei keinem der Beteiligten zu Hektik wird. Alle wollen noch in diesen Zug und gebärden sich, als stünde eine Erdevakuierung bevor.

Wenig später bin ich ebenfalls in dem begehrten Zug. Orangefarben und verglast durchschneidet er eine anders temperierte Landschaft. Zuallererst fällt mir die angenehme Temperatur auf. Mein vorbestellter Platz ist leider nicht in ihrer Nähe, sodass ich mich wohl auf dem Gang aufhalten muss, wenn ich ihr bei der Arbeit zuschauen möchte. Allein der Gedanke daran versetzt mich in leichte Erregung. Ich sehe mir die Leute an und überlege, mit wem sie vielleicht ins Geschäft kommen könnte. Noch war ich ahnungslos. Sie hatte mir lediglich erklärt, dass sie sehr methodisch vorginge. Zuerst schaue sie sich die Mitreisenden an und entwickle dann eine individuelle Taktik. Den größten Spaß bereite ihr die Eröffnung: Den noch fremden Gesichtern und Haltungen etwas zu entlocken.

– Sie wissen schon!

Im fahrenden Zug bleibe ich noch eine Weile sitzen, mache mir Notizen. Dann stehe ich auf und gehe möglichst unauffällig in Richtung Zugmitte, wo ihr Abteil ist … Da steht sie plötzlich, allein, am Ende des Ganges. Sie hat sich den leichten Mantel ausgezogen und schaut aus dem Fenster. Ich sehe, wie die Blicke der Männer ihre Figur streifen. Obwohl sie mich sofort entdeckt, gibt sie nicht das geringste Zeichen. Ich zünde mir eine Zigarette an und versuche gelangweilt umherzuschauen. Als mein Blick wieder in ihre Richtung wandert, steht ein Mann ganz in ihrer Nähe. Sie scheint mit ihm zu sprechen. Behutsam fragend wird sie den Fremden abtasten. Ich glaube, sie ist sehr geschickt, weiß auf Anhieb, ob jemand schon beim zweiten Satz das Gespräch dominieren will und nicht auf die Zufälligkeit von Berührungen hofft.

Ich versuche, alles sehr aufmerksam zu verfolgen, bin konzentriert. Nur mein Magen meldet ein leichtes Unwohlsein.

Gewöhnlich reisen im Intercity Männer, deren einzige Aufdringlichkeit im Verströmen des meist herben Aftershaves besteht. Wie würde sich ihre einstudierte Zurückhaltung verlieren, wenn sie das Vorhaben der Frau am Fenster erführen? Im Grunde waren sie zu beneiden, diese Männer.

Beim Essen hatte ich mein rätselhaftes Gegenüber gefragt, ob sie bei ihren Streifzügen je leer ausgegangen sei. Lachend hatte sie verneint. Ich drückte die Zigarette aus. Mich reizte es plötzlich, zu ihr hin zu gehen, ich wollte mich wie ein potentieller Kunde benehmen. Gut, ich hatte versprochen, sie nicht zu stören. Doch ich konnte mich nicht zügeln, immer wieder musste ich sie ansehen. Der Mann, mit dem sie geredet hatte, war verschwunden. Ich bemerkte es irritiert. Im selben Moment drückte sich ein korpulenter Italiener an mir vorbei und ging in ihre Richtung. Er versperrte mir die Sicht. Kurz entschlossen folgte ich ihm. Und blieb erst stehen, als ich dachte, ihr nah genug zu sein. Der Dicke verschwand und hinterließ gähnende Leere.

– Wo ist sie?

Ich war panisch. Sie wird dem Mann Platz gemacht haben, sich einen Augenblick im Abteil ausruhen? Ich zündete mir die nächste Zigarette an und zwang mich zur Ruhe. Es gab ja auch ernsthaft keinen Grund zur Aufregung. Vielleicht hatte sie schon ein willkommenes Arrangement getroffen oder war – von mir unbemerkt – vor dem Dicken hergelaufen, und der, entzückt von ihrem feinen Hintern, hatte ihr ein großzügiges Angebot gemacht.

Mir wurde flau. Es war schwer, einen klaren Gedanken zu fassen. Ich spürte den Druck in der Magengegend und das unwiderstehliche Verlangen, sie zu sehen.

Von ihrem Abteil war ich nur wenige Schritte entfernt ..., aber dort saß sie nicht! Aufgeregt lief ich in die Richtung, die der Italiener genommen hatte. Und wenn sie nun mit ihrem Freier schon im Schlafwagen war ... Ich durfte es nicht zulassen. Ich würde ihr den Verlust erstatten.

Im nächsten Wagen schienen alle Reisenden den engen Gang zu bevölkern, sie standen dicht an dicht. Ich musste mich Schritt für Schritt, ständig *Entschuldigung* murmelnd, durchkämpfen. Nach zwei weiteren Wagen hatte ich sie immer noch nicht gefunden. Ich wusste, dass ab dem nächsten Waggon die Schlafwagen anfingen. Warum nur hatte ich nicht besser aufgepasst! Sollte ich den Schaffner nach ihr fragen?

Mutlos stand ich vor der Tür zu den *Couchettes*. Beim Öffnen zitterten mir die Hände. Der Gang war menschenleer, auch die Abteile schienen kaum belegt. Zögernd schritt ich sie ab, dachte an alberne Militärparaden und hoffte, im Innern einer der Kabinen ihre Stimme zu hören. Auf der Hälfte des Ganges war eine Abteiltür knapp angelehnt, ich wagte aber nicht, sie zu öffnen. Die Vorstellung, sie dort mit einem anderen zu finden, lähmte mich vollends. Während ich vorbei schlich, war ich mir auf einmal sicher, ihr Parfüm zu riechen. Ich blieb stehen, drehte mich um. Die Tür hatte sich weiter geöffnet. Mir pochte das Blut in den Schläfen, in der Brust, im Schwanz …

Ich weiß nicht, wie ich es fertig brachte. Aber plötzlich hatte ich die Klinke in der Hand und schob langsam die Tür auf. Im stumpfen Winkel sah ich sie. Lächelnd saß sie da, rauchte eine Zigarette und schaute mich an.

– Heute gefiel mir keiner!, sagte sie mit charmantem Lächeln.

Ich war sprachlos.

– Außerdem wollten Sie doch einen Bericht über mich schreiben!

Ich nickte, lächelte und überspielte meine Erleichterung. Endlich saß ich. Spürte ihre Nähe. Sie reichte mir ein Glas Sekt und berührte dabei leicht meine Hand. Dann stand sie auf und schloss die Tür.

Als wir erwachten, war es hell. Der Zug stand. Der Schaffner schlug polternd und ungehalten an die Abteiltür. Wir seien längst in Mailand.

– In Mailand, hören Sie? Endstation! Die Putzkolonne wartet!

Den Bericht habe ich nie geschrieben.

Der Erste riecht bitter und rund

Kurz vor ihrem dreizehnten Geburtstag wurde der Verrat begangen.

Ohne Vorwarnung, ohne irgendein behutsames Einstimmen standen ihre Eltern im abendlichen Flur mit der Nachricht: *Wir ziehen um! Ins Grüne!* Was ihr Vater als frohe Botschaft verkündete, freudig erregt wie über den Wurf hübscher Welpen, war für sie der blanke Schrecken. Ihre besten Freunde, der Hinterhof, die Bande, das Versteck, die Kastanie mit dem Flitscheast, das Büdchen, die Bäckersfrau ... das alles sollte vorbei sein?

Sie schloss sich in ihr Zimmer ein, verweigerte Gespräch und Nahrung. Die Eltern gaben sich nachsichtig – so kannten sie ihre Tochter gar nicht – und redeten mit freundlicher Vernunft durch die Tür. Es sei eine wundervolle Wohnung, mit Blick bis zum Horizont und ganz nah am Rhein, den sie doch so liebe. Und erst ihr Zimmer. Was für Argumente! Wie sollten die verlockend sein? Dem Schock konnte man nichts entgegensetzen, nicht mal das Versprechen auf Fahrradfahren oder ein tolles Schwimmbad um die Ecke. Nicht einmal das.

Für sie blieb es Verrat!

Irgendwann hatte sie sich dann doch breitschlagen lassen, die Baustelle zu besichtigen. Ein wippendes Brett überbrückte den Graben vor dem Hauseingang, einige Arbeiter beschritten es mit der Schubkarre, wie ein Auftritt aus *Spiel ohne Grenzen*. Über eine weißbestäubte Treppe ging es in den Rohbau der neuen Wohnung. So leer und sperrangelweit auf hatte sie fast etwas von einem Totenschädel. Sie staunte. Mitten im zukünftigen Wohnzimmer neben einem Haufen Heizkörpern stand ein gut angezogener Mann mit Pfeife. Er begrüßte ihre Eltern freundschaftlich. Das also war der Herr Architekt – sie hatte nicht die Absicht, ein Wort mit ihm zu wechseln.

Patzig starrte sie auf den Bauschutt am Boden. Sie dachte an den Geheimplatz in Monis Hinterhof, wo sie zwischen Backsteinmauern, die noch voll Löcher und Granatsplitter waren, ihre heiligen Besitztümer aufbewahrten. Hier stand alles so nackt glatt und hell, trocken leblos. Der Architekt sagte wenig. Während er an seiner kurzen Pfeife zog, was freundlich aussah, schaute er sie an. Da schämte sie sich für ihren Faltenrock mit Söckchen.

Sie träumte von ihm, eigentlich nichts Besonderes, aber der Traum verfolgte sie bis in die Schule, in den Nachmittag. Wie eine Fledermaus hing sie kopfunter an der Teppichstange und überlegte, ob sie es Moni erzählen sollte. Nein, besser nicht. Die war gerade damit beschäftigt, das Nasenbluten ihres kleinen Bruders zu stillen. Aber sie planten genau und etwas verzweifelt, wie oft sie sich treffen würden, wenn... Keine von beiden konnte sich das vorstellen.

Nach dem Richtfest luden ihre Eltern den Architekten zum Essen ein. Gewöhnlich ging sie ihrer Mutter zur Hand, servierte den Hauptgang und die Nachspeise, während sich der Vater mit Kennermiene um den Wein kümmerte. Was immer eine sportliche Übung, eine Art Geschicklichkeitstraining gewesen war, erschien ihr nun wie unfreiwilliges Vorturnen. Dienstmädchen und Sklaven kamen ihr in den Sinn, und das *poulet bonne femme* rutschte gefährlich aus seinem Gemüsekranz heraus. Sie ließ es nicht fallen, obwohl sie ihren Daumen nicht schnell genug von den glühenden Tomaten befreien konnte. Der Architekt hatte es bemerkt. Kein Wort verlierend, räumte er zügig eine Stelle auf dem Tisch frei, wo sie erleichtert das Tablett niedergleiten ließ. Sie roch ihn. Ein runder Geruch, wie ein Baum, mit etwas Süßem und Bitterem dabei, das ihr unbekannt war. Als sie das Kaffeewasser in der Küche aufsetzte, schmierte sie dick Brandsalbe auf den Daumen. Die sich heranbildenden roten Blasen taten ihr Leid. Aus Mitgefühl und Rache steckte sie mehrmals den Zeigefinger in die Schlagsahne und leckte ihn ab und leckte ihn ab. Ihr Bauch war weich.

Für den Cognac stand man auf und ging ins Wohnzimmer. Der Architekt lächelte schelmisch. Dann leerte er mit Genuss einen großen Schwenker, schaute sie dabei durch den Wimpernschlitz seiner fast geschlossenen Augen an. Beim Pfeifchen, als alle wieder behaglich saßen, machte er ihrer Mutter Komplimente: das Essen, wirklich köstlich, raffiniert, und die Zitronencreme! Etwas verlegen wechselte die Mutter ihre Beinhaltung, die Pepitaschuhe leuchteten. Dabei sah der Architekt aus, als meine er es wirklich so. Vielleicht konnte seine Frau nicht kochen.

An der Unterhaltung über das Unglück der Wohnung wollte sie nicht teilnehmen. Wenn dieser Mann nicht wäre, könnte sie jetzt ins Bett gehen, ohne ein weiteres Kreuz in ihre letzten glücklichen Tage zu ritzen. Ob sie dem Neuriechenden beim Verabschieden die Hand geben müsste?

Jetzt wurde schon über Verglasung und Tapeten geredet. Das neue Heim wuchs seiner Vollendung entgegen. Aber die Wut auf ihre Eltern wuchs auch. Das Ganze war so sinnlos wie die Krebsgeschwüre, die der Vater in seiner Praxis aus den Tieren operierte. Was da auf sie zukam schien ihr undurchsichtig, ein pechschwarzer Raum. Wie sollte sie den mit Würde betreten, wenn sie hinein geschubst wurde?

Sie dachte über eine kleine Rache nach.

Nochmal fuhren sie an einem Sonntagmorgen zum Wohnobjekt. Mit Widerwillen und einer kleinen Aufregung ging sie hinter den Eltern die Treppe hoch. Der Schädel hatte jetzt Haare und Augen und sah etwas wohnlicher aus. Auch diesmal stand der Architekt im offenen Raum, bald würde er einen Schlüssel brauchen, um herein zu kommen. Er schien über etwas nachzudenken. Als er sie eintreten hörte, wandte er sich um. Sein Blick war fest. Sie erschrak, ein verwirrender Schauder weitete sich in ihr. Dann ging er auf sie zu – die Pfeife bewegte sich in der Brusttasche seiner Tweedjacke – und gab ihrer Mutter, dann ihr die Hand. Glatt und kräftig. Es war wie der erste Händedruck ihres Lebens.

Später erfuhr sie, dass von ihrem Unwillen etwas beim Architekten durchgesickert war. Wie hatten ihre Eltern sie nur verraten können! Was ging es den Mann an, ob sie untröstlich war, in diese Wohnung zu ziehen. Er würde das sowieso nicht verstehen. Gegen die Architektur hatte sie ja nichts, die war ihr vollkommen gleichgültig. Ihre Erregung schien die Eltern zu amüsieren, als führten sie etwas im Schilde. Was wurde hier eigentlich gespielt!

Beim Aufräumen fand sie alte Knete. Sie nahm ein Stück zwischen die Finger, es war noch feucht genug, und formte in Großbuchstaben ihren Namen: ANNA. Vorsichtig drückte sie das Gebilde an die Fensterscheibe. Man konnte es von beiden Seiten lesen. Bald darauf verschenkte sie das Lego. Und Lisa bekam ihre Wildlederhalbschuhe, die mit der dicken, schrubbenden Kreppsohle. Lisa freute sich, schaute aber dann verdutzt auf ihren Mund:

– Hast du etwa Lippenstift drauf!

Ihr vergnügtes Nicken kommentierte sie hart.

– Der wird aus Läuseblut gemacht!

Ein wenig konnte sie das schmecken, so komisch, vielleicht waren es nur die künstlichen Stoffe, die den Läusegeschmack überdecken sollten.

Wieder träumte sie von ihm. Diesmal erinnerte sie sich an den Traum oder mehr an das Gefühl intensiver Sehnsucht, das er hinterließ. Bei Tage tauchte manchmal flüchtig ein Bild auf: weiße leere Räume, durch die er sich bewegte, nie hastig, aber immer vorübergehend. Fein wehte sein Geruch zu ihr. Und jedes Mal blieb eine Art Geschmack zurück oder Gefühl, ein Verlangen – heftiger als nach Süßigkeiten – ein fürchterliches Ziehen, ein *Rühr mich an …*

Er war es! Er war am Telefon und hatte in ihre Sprachlosigkeit ruhig gesagt:

– Ich möchte dich gerne zum Essen einladen.

Natürlich brachte sie darauf nichts heraus.

Doch sie hört und sieht die unglaublichsten Dinge: Wüste – einen Hauch am Morgenhorizont – eine Bombe, die auf eine glatte Wasseroberfläche fällt. Das tönende Innere aller Kirchen, und sie spürt einen Ausbruch zwischen Herz und Scham, der ihre dicke Schicht aus Benommenheit nicht durchbrechen kann.

Wo, wo findet sie jetzt die Stimme, die Worte, einen Ton?

Dann haben die Dinge eine andere Bedeutung. Alles erscheint im veränderten Licht. Nachts schmiert sie sich nicht mehr Creme in die Mitte, ihr großes, sehr heimliches Vergnügen. Nachts liegt sie wach. Sie fühlt ihren Bauch, ihre Brüste. Vorher gehörten sie ihr, nun sind sie in der Welt. Das ist ein fremdes Gefühl, das sie erst üben muss. Es ist ungewohnt und aufregend. Sie riecht jetzt auch manchmal.

Sie denkt sich einen Stoff aus für die kahlen neuen Wände, spielt mit den Möbelstücken. Mit viel Mühe findet sie schnuppernd die Falten in den Wohnzimmergardinen, die noch nach ihm riechen.

Und sie stellt sich seinen Bauch vor. Er wölbt sich so angenehm unter der Knopfleiste am Hemd – das gefiel ihr von Anfang an. Dieses Runde an ihm, wie der Kopf seiner Pfeife, wie ein Tanz, wie die Brüste ihrer Freundin, die sie berührt hat. Sie stellt sich vor, wie das Wasser auf seinem Bauch perlt und dann, nach dem Abtrocknen, ein vergessener Tropfen übrig bleibt.

Die Tage sind von verwirrender Länge. Ihr Herz klopft, und die Schule ist wie weggefallen in einen unbedeutenden Raum unter der Erdoberfläche. Nur vage erreichen sie die Stimmen der Eltern. Aus dem diffusen Dämmer, in den das Normale getaucht scheint, ragt spitz und leuchtend die Verabredung. Es ist der letzte Samstagabend in der alten Wohnung.

Sie muss sich nicht anstrengen.

Obwohl sie keine richtigen Kleider hat; Kleider, die zu dem Anlass passten, oder zu dem Mann, oder wenigstens zu ihr. Soll sie ihre nun der Welt angehörenden Brüste tragen oder zeigen, ihre Schultern, ihren Hintern.

Sie muss sich nicht anstrengen.

Obwohl sie nicht weiß, was sie von seinem Porsche halten soll. Laubgrün ist er, wieder mit satt eleganten Rundungen über den Scheinwerferaugen. Er liegt so tief, er liegt so tief und grün. Und eines Abends wird sie in ihn einsteigen, ohne Hast. Die schwere Tür, die seine Hand schließt, geht dann in einen Raum, dicht und unendlich weit, in dem sie nichts kennt und alles neu anfängt.

Es ist leicht im Porsche zu sitzen, und im Restaurant. Leicht und aufregend. Alles ist größer, weich und von einer Schönheit, die nirgends erwähnt wird und erregt. Wie sein Mund, auf den zu starren, den melancholisch lächelnden Bogen auszuhalten, selbst das geht leicht. Wenn nicht das Sehnen wäre, ziehend und unkontrollierbar. Jeder Blick wie ein Funkenschlag für den Wunsch nach mehr. Nach Nähe. Sie ist ganz benommen. So ein Verlangen tollt wie verrückt, hüllt sie ein, ist da, ohne dass sie sich berühren. Noch ungestillt.

Irgendwann muss er aufstehen, erhebt sich mit einem schweren Schwung. Der Bauch streift an der Tischkante vorbei. Diese Bewegung zeigt sein Alter und ist doch anziehend. Alles, gleich, immer nimmt er mit sich fort. Nur die Pfeife, da liegt sie, irgendwie ein Hund verlassen in der Wüste. Sie gehört so zum Architekten, zu seinem bittersüßen Geruch, dass sie ohne ihn unnatürlich ins Auge fällt. Und er vertraut sie ihrer Gegenwart, sachte ihrer Obhut an. Sie fühlt eine Wärme tief unten im Bauch, ein Zucken, wo sie sitzt. Sie möchte die Pfeife berühren, der Wunsch ist übermächtig, sie muss es tun. Ihr Blick wandert vorsichtig durchs Lokal, die Leute sind alle beschäftigt. Wenn sie noch länger wartet, ist er wieder zurück! Wie fasst man eine Pfeife an? Dies glühwarme Männerstück.

Schnell, schnell greift sie nach der Pfeife, fasst sie am Hals, führt sie an die Lippen, schließt sie um das Mundstück: pikant! Scharf und pikant schmeckt es.
Da kommt er zurück.

Das Tal

Es liegt tief eingeschnitten in die Erdoberfläche, zwischen Catania und Syrakus. Den Namen hatte sie vergessen.

Mai, die blühende, einzig saftige Zeit in Sizilien, der Frühling war etwas verspätet in diesem Jahr. Sie brachen zeitig auf am Morgen. Der VW-Käfer, hellblau mit Alarmanlage, bahnte sich einen Weg durch das schon früh belebte Catania. Den Ätna zierte eine weiße, über dem Gipfel schwebende Wolke, das tat sie meistens. Paolo hatte energisch darauf bestanden, nicht eigenhändig zu fahren, den Weg zu diesem prähistorischen Tal ausfindig zu machen, überfordere ihn. Er arbeite bei der Bahn, da seien die Strecken bekannt. Zum Tal führte keine richtige Straße. Aber von einem nördlich gelegenen Dörfchen aus konnte man auf einem Schotterweg in die Nähe gelangen und den Rest zu Fuß laufen. Ob es einen Zugang von Süden her gab, war unklar.

Paolo hatte sie ganz zu Anfang in Italien kennen gelernt. Verträumtester aller Schüler. Sie konnte sich kaum vorstellen, wie er seine Arbeit als Bahnhofsvorsteher bewerkstelligte, da in Sasso Marconi, dem kleinen Ort Marconis und Morandis vor den Toren von Bologna. Paolo hatte sich nach ein paar Semestern Jura bei der staatlichen Eisenbahn beworben und, wie viele aus dem Süden, im Norden anstellen lassen. Das Chaos schien hier geringer, dafür nagte das Heimweh. Sie waren Freunde geworden, trafen sich außerhalb des Unterrichts. Paolo, der liebevolle Tanzbär, kam ohne Machoallüren aus. Für sie erholsam, endlich mit einem Mann so befreundet zu sein, wie es in Deutschland möglich war. Manchmal versank er in zerstreute Melancholie, und sie hatte den Verdacht, dass er eigentlich lieber ein markiger Typ sein wollte.

Als die Sonne schon siedend weiß auf Augenhöhe stand, erreichten sie das abgelegene Dorf. Nicht mal ein Ortsschild hielt man für nötig. Aber einen Café würden sie wohl bekommen und beschlossen zu parken. Dabei tauchte die Frage auf, ob sie im geliehenen Auto die Alarmanlage einschalten sollten. Keiner von beiden sprach es aber aus. Stattdessen suchten sie das dorfplatzähnliche Rechteck mit den Augen ab, aber es war keine einzige Bar in Sicht. Nichts rührte sich. Wie im mexikanischen Film, dachte sie, als ein Mann mit Caffètasse durch einen der üblichen Plastikstreifenvorhänge auf die Straße trat. Er sah sie an, ohne Misstrauen, ohne zu lächeln. Irgendetwas in der Art, wie er die Tasse hielt, ließ darauf schließen, dass man dort Café bekam. Sie schlenderten auf den farbig verhängten Türausschnitt zu. Ganz langsam machte der Mann Platz, wobei er mehr seinem Bauch, als seiner Vorstellung von Höflichkeit zu folgen schien.

Der Raum, den sie betraten, war stockdunkel und menschenleer. Erst nach geraumer Zeit schälte sich eine sitzende Gestalt aus dem Dämmerlicht. Ein dünner, alter Mann mit abwesender Miene. Zu einer Bar im eigentlichen Sinne fehlte diesem Zimmer alles außer einer kleinen, auf einem Holztisch aufgebauten Espressomaschine. Schäbige Plastikstühle standen herum, auf einem lag ein Bündel Spielkarten und in der Ecke eine wirre Ansammlung von kleinen Weinfässern, *damigiane*, wie Paolos Vater ihr erklärt hatte. Offenbar war es der einzige Raum, und sie zögerten, den Alten anzusprechen. Paolo räusperte sich. Der Alte sah aus, als sei er jenseits aller Grenzen. Da schob sich der Bauch durch die lichten Plastikstreifen, gefolgt von anderen Männern, und fragte sie nach ihren Wünschen.

– Zwei Café, antwortete Paolo in seiner freundlich verträumten Art, einer mit Milch, bitte, was er gelernt hatte für sie hinzuzufügen; südlich von Rom trinkt man ihn schwarz.

Der dicke Mann ging hinter die Behelfstheke und bereitete mit betonten Gesten den Café zu. In der Zwischenzeit hatte sich das Lokal mit weiteren Männern gefüllt. Es gab kaum noch Platz. Keiner bestellte etwas. Als ihre Cafés fertig waren, schickte der Wirt den Jüngsten fort, um bei Maria Milch zu holen. Sie wollte einwerfen, es sei nicht nötig, befürchtete aber, man könnte sie falsch verstehen. In Gegenwart so vieler Männer schwieg eine Frau besser, und eine fremde sowieso. Paolo hatte die Milchszene nicht mitbekommen. Wahrscheinlich überlegte er, wie diesen Neugierigen, die auf nichts anderes warteten, als mit ihnen zu reden, eine brauchbare Wegbeschreibung zu entlocken sei. Die Männer starrten sie an, suchten nach dem erklärenden Ring. Dann saugten sich ihre Blicke an ihrem Hintern fest, an ihren Brüsten und Beinen. Es war stickig im Raum. Während sie die mühevoll besorgte Milch in ihren Café goss, was sie sofort bereute, denn es war abgestandene H-Milch, wurde Paolo von Dreien gleichzeitig gefragt, ob er mit der Blonden verheiratet sei, mit der Nordländerin. Paolo bejahte es – darauf hatten sie sich in Sizilien bald geeinigt. Noch während er redete, wurde sie von anderen Männern umringt und auf Stuttgarterisch angesprochen. Es war so unverfälscht, dass sie nichts verstand, nur dass es Fragen waren. Wenig später kannten sie die Lebensgeschichte der Männer, viele hatten lange Jahre in Deutschland gearbeitet, sowie fünf verschiedene Wegbeschreibungen zum Tal. Einer wollte ihnen auf der Vespa vorausfahren, nur mit Mühe hatten sie ihn davon abhalten können. Sie waren genauso schlau wie vorher.

Sich am Sonnenstand orientierend folgten sie den Angaben des Mannes, der am wenigsten auf seiner Beschreibung bestanden hatte. Die Landschaft war auffallend flach, und die Vegetation begann steppenartig zu werden. In der Luft lag ein Geruch ewigen Frühlings. Ein Sonnengeruch. Ginster, Honig und Majoran. Weiter entfernt die Orangenblüte. Sie fuhren ganz langsam, den riesigen Steinen auf dem Weg ausweichend, und berauschten sich an dem immer stärker werdenden Duft. Sogar die Steine sahen anders aus: glatt und sandfarben wie das Immerwährende. Die Sonne glühte ihrem Zenit entgegen, vermehrte dieses unverwechselbare Licht, während die Landschaft Unbekanntes ausstrahlte. Immer dichter wurde dieser Eindruck. Deutlich und greifbar wie die fast übernatürliche Klarheit an stürmischen Tagen. Eine Gegend für große Gedanken. Sie fuhren und hatten Scheu sich anzusehen.

Plötzlich war die Schotterstraße zu Ende. Wenige Meter vor ihnen tat sich ein Abgrund auf, den man erst wahrnahm, wenn man bereits an seinem Rand stand. Das Tal! Da war es. Ein unglaublich grüner und tiefer Einschnitt in die gleichförmig gelbliche Erde. Erstaunlich, wie ein Canyon im Traum. Die von Weitem unsichtbare Versenkung war nicht besonders breit, dreißig Meter vielleicht, und ihre Länge ließ sich durch die Windungen des Tals nicht einschätzen. Aber welche Erscheinung! Die Wucht der Nähe, das plötzliche Auftauchen traf sie wie ein Schlag. Augenblicklich entbrannte der Wunsch, hinunter zu steigen, in die Pracht eintauchen.

Auf der Suche nach einem Abstieg über die steilen Hänge entdeckten sie Felshöhlen zwischen dem üppigen Grün. Weiter unten verengte sich das Tal. Um sie herum schwirrte es von Vogelschreien. Seltene Vögel. Nie gesehene Vögel, die ausgelassen herumflogen. Schwindel ergriff sie beim Verfolgen ihres Flugs.

Sie machten sich auf den Weg. An manchen Stellen hatten die Hänge terrassenartige Einschnitte, schwer zu sagen, ob natürlich oder von Menschenhand. Je weiter sie abstiegen, die Höhlen wanderten immer höher, umso mehr Bilder drängten heran. Bilder von Menschen in Höhlen und von Tieren, die es nicht mehr gab. Hier hatten sie gelebt, das sah man, konnte man deutlich spüren. Die kleinen behaarten Familien, wie sie ruhig auf den Anbruch der Zeit warteten. Doch sie schien nie angebrochen, hier, an diesem Ort von Unversehrtheit.

Sie hatten auf dem gewundenen Weg nach unten mehrmals die Richtung gewechselt. Erst jetzt bemerkten sie den blau-grünen Schimmer auf dem Talboden. Ein Fluss, eine kühle, das Tal speisende Ader. Das Wasser, smaragdklar, floss unter der buschigen Vegetation entlang, wo es durchblickte. Es sah sehr einladend aus – wie die großen Vergnügen aus der Kindheit. Und dies war Paolos Heimat. Unwillkürlich holten sie tief Luft. Das Tal war erhebend, atmete Ruhe, Reife, Zeit. Manchmal streifte sie ein Wind, wer weiß woher, richtete behutsam alle Härchen auf. Ein Prickeln in der Feierlichkeit. Die Vögel setzten ihre wilden Flüge von einer Talwand zur anderen fort, als ob sie mit ihrem Echo spielten. Irgendwie wirkten diese Tiere selbstsicher.

Auf halber Höhe blieben sie stehen. Man konnte jetzt deutlich den Fluss hören. Sie schauten hinauf zu den Höhlen.

– Dort haben sie gelebt, sagte Paolo.

Der Wind rauschte. Und sicher gar nicht mal schlecht, meinte sie, manchmal denke ich, wir machen etwas falsch. Paolo nickte, lächelte. Sie schauten einem gelben Falter hinterher. War es denn die Jahreszeit für Schmetterlinge? War nicht heute Morgen noch Frühling gewesen in der Stadt. Wie weit der Morgen entfernt war, verblasst im schwachen Licht von Erinnerung.

Langsam setzten sie ihren Weg fort. Jeder hing seinen Gedanken nach, fügte sich in die traumartige Weichheit. Es war heiß, der Wind angenehm auf der Haut. Möglicher Hunger von den neuen Eindrücken gestillt. Nichts, nicht einmal Schmerz hätte mehr wehtun können.

Endlich waren sie unten angelangt. Was heißt endlich. Es musste kein Ende sein! Eher schien es ein Anfang. Sie folgten dem gewundenen Wasserlauf. Paolo ging sicher. Wie die Dimensionen sich verschoben! Hoch über ihnen bildeten die Talkanten einen Himmelsrahmen. Monochromes Gemälde, beweglich. Irgendetwas aus ihrer Kindheit blitzte kurz auf. Und was war bis jetzt gewesen? Der Bach plätscherte, glitzerte, funkelte. Die Blätter der seltsamen Büsche warfen kleine, tanzende Schatten auf Paolos Schultern. Schultern, denen man ansah, dass wir aus dem Paradies vertrieben wurden. Aber es war mehr Sehnsucht als Schmerz. Sie glitten in dieser Fülle.

Bald hätten sie die Talbiegung erreicht, da deutete Paolo auf das blaue Becken voller Sonnenreflexe. Eine Pracht, die der Fluss ihnen zu Füßen legte. Lächelnd warfen sie sich einen Blick zu. Es würde sehr kalt sein, das Wasser. Ohne ein Wort zogen sie sich aus. Die Sachen glitten auf den Boden, bedeckten die Schuhe. Scham kannte dieser Ort nicht, das war spürbar. Seltsam vertrautes Glück, wenn sich Nacktheit und Luft vereinen, weich der Wind auf der Haut weht. Sie schauten zwischen Wasser und ihren Körpern hin und her. So kannten sie sich nicht. Entblößt die Rundungen und Verstecke, in die der Wind griff. Weit herein, weit auf. Am verträumten Paolo erwachte eine dunkle Männlichkeit und wippte. Sie spürte die Wollust in sich hochsteigen, zitternd das feine Verlangen nach dem Wind, der Luft, dem Wasser. Unendlicher Moment – wo sich Lust und gedehnte Ruhe treffen. Wenn sie nicht sofort ins Wasser sprangen, würden sie einander verfallen.

Das Wasser war kalt. Kochend kalt, dann peinigend, herzergreifend und doch aufreizend wie Peitschenhiebe. Die Strömung bildete kleine Wirbel an den Schamhaaren. Wohlig im weiten, fließenden Wasserkleid, weibliches Element. Ihre Gier wuchs. An einer Stelle wurden sie von der Strömung fast weggetragen. Beim Untertauchen floss der Körper ins Wasser, waren innen und außen eins. Tiefer konnten sie nicht eindringen ins Tal.

Dann trafen sich ihre Blicke über der Wasseroberfläche. Dann noch einmal. Zwischen Silber und Schatten. Wie widerspenstig Paolos nasse Locken aussahen, nahezu trocken. Er tauchte weg – sie wünschte, sie fürchtete in ihre Nähe. Wo er verschwunden war, wirbelte das Wasser noch. Sie blieb allein im Rauschen der Kälte, der Glut.

Er streifte sie nur. Zufällig. Am Bauch.

Das genügte.

Julia

Gerade hatte ich in Karls Wohnung die Blumen gegossen, als das Telefon klingelte. Man könnte mich mit ihm verwechseln, dachte ich belustigt und ging dran.

– Bei Dollinger, sagte ich und das *bei* leise.

– Ist Karl da?, es war eine junge, zögernde Frauenstimme. Ich entwirrte die Telefonschnur, drehte den Hörer schnell zweimal durch die Hand und sagte:

– Nein, er ist verreist.

Schweigen.

Karl hatte mir nie von einer Freundin erzählt.

– Ach so, sagte die Frau, und jetzt klang es nach kleinem, enttäuschten Mädchen. Ich hörte, dass sie an einer Zigarette zog.

– Soll ich Karl etwas ausrichten?, fragte ich, während sich plötzlich ein dünner Wasserstrahl über den Rand des Blumenuntersetzers löste und auf einen Stapel Zeitschriften tropfte.

– Nein, sagte sie, schon wieder erwachsener, vielen Dank. Auf der obersten Zeitschrift wuchs ein dunkler Fleck, das Titelbild halb bedeckt mit einer fettigen Regenwolke.

Es entstand eine Pause.

– ... oder vielleicht doch, meinte sie jetzt.

– Sie können's mir ruhig sagen, ich bin ein guter Freund von Karl, versuchte ich sie zu ermuntern; der Wasserfleck würde wieder trocknen.

Sie zog an ihrer Zigarette.

– Das ist es nicht, ich, ich weiß gar nicht, was ich ihm bestellen soll. Ihre Stimme hatte etwas Dringendes, das aber von Schüchternheit zurückgehalten wurde. Ich stellte sie mir zierlich vor und brünett, vielleicht mit Sommersprossen, in jedem Fall mit einer schönen, flaumigen Haut.

– Sagen Sie ihm, dass ich ihn unbedingt sehen muss, äußerte sie plötzlich entschlossen, – er soll sich sofort bei mir melden, wenn er zurückkommt.

– Gut, ich werd's ihm ausrichten. Ich hätte gerne länger mit ihr gesprochen.

– Wie heißen Sie denn?, fragte ich noch.

– Ich bin Julia, sie sagte es langsam, dann verabschiedete sie sich.

Ich drehte den Hörer nochmals um seine Achse, legte die durchnässte Zeitschrift auf die Heizung und nahm den Hausschlüssel vom Küchentisch. Die Fische hatte ich auch gefüttert. Als ich die Tür hinter mir zuzog, klingelte wieder das Telefon. Ich bekam einen Schreck. Vielleicht war sie es.

– Ja bitte, sagte ich.

– Kann ich nicht gleich vorbeikommen?

Julias Stimme war leise, aber überzeugt. Jetzt rauchte sie nicht.

– Ja natürlich, warum nicht. Ich versuchte nachzudenken, mich auf einen vernünftigen Grund zu besinnen, weshalb sie nicht kommen sollte. Eigentlich hätte ich ins Büro gemusst, aber wenn ich eine halbe Stunde später käme, würde die Welt nicht zusammenbrechen.

– Gut, sagte sie, in ein paar Minuten bin ich da, bis später, und weg war sie. Ich legte den Hörer auf die Gabel, er erschien mir wie etwas ohne Funktion. Nebenan übte jemand Klavier.

Karl und eine Freundin – das war ein neuer Gedanke. Immer sparte er dieses Thema aus. Irgendwann hatte er erwähnt, Selbstbefriedigung würde ihm reichen.

Was sie wohl hier wollte, vielleicht hatte sie etwas vergessen.

Ich ging in die Küche, um im Kühlschrank nach etwas Trinkbarem zu suchen. Eine überfällige Milch beutelte ihre Packung aus. Karl trank Wein. Es war aber keiner da. Im Wohnzimmer stand eine Flasche Portwein. Die Fische durchmaßen ihr Bassin. Mir war heiß, obwohl die Heizung runtergeschaltet war.

So gesehen, gefiel mir Karls Wohnung nicht. Viel guter Wille und trotzdem unpersönlich. Sie verlockte nicht, nach Geheimnissen zu suchen. Aber dass er mir nie von ihr erzählt hatte! Vielleicht waren sie ja schon lange zusammen.

Es klingelte. Ich suchte den Türdrücker und fand ihn unter den Mänteln an der Garderobe. Ich öffnete und ging ins Wohnzimmer, wie ein Hausherr an der Tür mochte ich sie nicht empfangen.

Julia war lautlos ins Zimmer getreten, ich bezwang mein Erstaunen, sie lächelte und stellte sich vor. Sie war klein, aber nicht zierlich, hatte pechschwarze Locken und viele Lachfältchen um die Augen. Sie passte überhaupt nicht zu Karl, so dunkel und warm.

– Ich heiße Johannes, sagte ich, um etwas zu sagen. Sie bot mir eine Zigarette an, ich lehnte ab, sie suchte mit lebhaftem Blick nach Feuer. Ich gab es ihr.

– Karl hat mir nie von einem Johannes erzählt, sagte sie und sog den Rauch ein. Ihre Hände waren leicht gebräunt und wirkten älter als ihre Besitzerin.

– Die meisten nennen mich Jo, aber es erstaunt mich trotzdem.

Sie schmunzelte: Na ja, schließlich sind wir nicht verheiratet.

Ich setzte mich nicht hin, auch Julia blieb rauchend stehen. Ich wartete darauf, was sie wollte.

Unvermittelt begann sie zu reden: Ich habe letzten Herbst mein Lieblingsbuch auf die Terrasse gelegt, und dort muss es bestehen gegen den Regen und den Wind. Dabei sah sie mich an.

– Das mache ich mit allem so, was mir gefällt.

– In den Regen legen?

– Nein, sagte sie, prüfen, ob es besteht.

Sie machte eine Pause. Ich stellte mir ein dickes, aufgequollenes Buch auf einer Terrasse vor, kaum neugierig darauf, welches Buch es war.

Dann fragte sie:

– Ist Ihnen schon mal aufgefallen, dass alle fotografierten Uhren auf zehn nach zehn stehen?

– Nein. Ich gab es zu. Daraufhin nahm ich eine Zeitschrift vom Stapel und blätterte nach Uhrenwerbungen. Noch bevor ich eine entdeckt hatte, sagte sie schnell:

– Das ist der Trichter der Weisheit, der die Uhr speist. So glauben sich die Menschen im Besitz der Zeit. Außerdem würden nach unten zeigende Zeiger traurig aussehen. Sie lächelte.

Dann ging sie in die Küche, und ich hörte, wie sie den Kühlschrank öffnete.

– Soll ich uns einen Kaffee machen?, rief sie. Ich war einverstanden und ließ sie werkeln. Zu Julia passte die Rolle des Hausherren besser. An die Küchenwand gelehnt, sah ich ihr zu. Sie wusste nicht, wo der Kaffee stand, und wir suchten gemeinsam. Während sie das heiße Wasser auf den quellenden Filter goss, bewegte sich ihr Mund ganz leicht. Ein schöner Mund.

– Sie haben bestimmt keine Freundin!, sagte sie und schaute mich kurz von der Seite an. Weich waren ihre Augen.

– Wieso? Detektivischer Scharfsinn nervte mich.

– Weil Sie sonst keine Zeit hätten, hier die Blumen zu gießen!

– Das mache ich aus Freundschaft!

Später setzten wir uns nebeneinander aufs Sofa und tranken Kaffee und Portwein. Julias Parfüm war Shalimar.

Wir blieben eine Woche zusammen.

Es gab nur Julia und mich, ihren Duft, das Taumeln in und aus Umarmungen, ihre winzigen Füße, mein Hemd, das sie morgens an ihrem heißen Körper wärmte, Gekicher und Tränen, die Begeisterung, die Liebe in der Badewanne, um die wir vorher Schach gespielt hatten, das Licht und Karls Zahnbürste, und die vielen Blicke, die ineinander ruhten. Immer weniger wusste ich, wer Julia eigentlich war.

Nach drei Tagen verließen wir zum ersten Mal das Haus, beide in Sachen von Karl und beide ängstlich, der Zauber könnte sich draußen auflösen. Wir kauften Zeitungen und die Zutaten unserer Lieblingsgerichte, Wein, Sekt und Rasierklingen, und die Kassiererin lächelte mitwisserisch. Ich ließ Julia im Büro anrufen und mitteilen, dass ich immer noch bettlägerig sei. Hinterher lachten wir über ihre glaubwürdige Art. Ein kleiner Junge brach an der Hand seiner Mutter in ein hohes, schallendes Gelächter aus.

Über Karl sprachen wir nie.

Es schien nicht einmal mehr seine Wohnung zu sein, sie war für uns ein geräumiges Hotelzimmer. Dass Julia darin so leben konnte, bestürzte mich kurz; selbst den Platz seiner Tagebücher kannte sie, und doch bewegte sie sich in der Wohnung, wie in einer fremden. Ich betrachtete es als ihr Geheimnis.

– Glaubst du, Karl kommt bald zurück?

Es war der sechste Tag. Sie sprach einfach aus, was wir

in den angstlosen Nächten weggeliebt hatten. *Karl* war das Schlüsselwort für eine Realität, in die ich eigentlich nicht mehr zurückwollte. Jetzt hatte ich sie plötzlich wieder vor mir, eine Suppe voller Haare.

Julia betrachtete mein Schweigen und wartete. Es schien nicht, als ob sie bereute, die Frage gestellt zu haben. Julia bereute nichts.

Ich stand auf und zog mir die Sachen an, in denen ich damals zum Blumengießen gekommen war. Jede Vorstellung davon, wie es nach diesem Moment weitergehen könnte, war mir unerträglich. Nur schnell handeln musste ich.

– Wenn du gehst, sagte Julia leise, als ich mich nach den Schuhen bückte, dann dreh dich nicht mehr um, bitte.

Ich ging.

Eine Erinnerung an die folgende Zeit gibt es fast nicht mehr. Meine Kollegen behaupten, ich hätte einen Anfall von Arbeitswut bekommen und mich um die schwierigsten Aufgaben gerissen. Lange betreute ich eine hoch komplizierte Baustelle, zwei Autostunden entfernt. Als das Projekt einigermaßen unter Kontrolle war, fuhr ich ein paar Tage zu meiner Schwester aufs Land, hielt es aber nicht lange aus. Wieder in der Stadt, arbeitete ich auch an den Wochenenden.

Ich beschloss, Karl anzurufen. Er freute sich sehr, war ausgelassen und in Erzähllaune und bestand darauf, dass wir uns abends treffen sollten. Ich willigte ein, obwohl ich erschöpft war.

Als ich Karl sah, tauchte Julia plötzlich wieder in mir auf. Ihre kleine kompakte Gestalt, ihre dunkle Haut, ihr

Bauch, ihre Sinnlichkeit, ihre Melancholie, ihre Albern-
heit. Wir tranken viel und amüsierten uns. Karl war so,
wie ich ihn immer gemocht hatte. Von Julia kein Wort.

– Und die Liebe?, fragte ich ihn beiläufig.

– Ach ja, die Liebe, einer seiner Mundwinkel zuckte
leicht, er hob sein Glas und stieß es klingend gegen meins:
– Trinken wir auf die verrückten Frauen. Der Wein
schwappte und schmeckte nur noch in kleinen Schlucken.
Mein Herz war dick wie eine Staumauer.

– Wie heißt denn die Verehrte?, fragte ich. Er griente,
nahm einen Schluck Wein, hob an zu reden, verschluckte
sich aber so furchtbar, dass ihm prustend der Wein aus
der Nase rann. Das Thema war verloren.

Es vergingen Wochen. Die Bilder von Julia wurden blas-
ser, das Gefühl unwirklich wie im Traum. Das Meer war
aufgewühlt und trübe. Ich arbeitete viel, ohne Lust, und
das war am schlimmsten. Unsere Sekretärin hatte immer
noch die Anweisung durchzustellen, falls eine Julia *wie
auch immer* anriefe, ein handgeschriebener Zettel, der in
Augenhöhe an der Glasscheibe des Empfangs hing. Aber
der Einzige, der im Büro anrief, war Karl. Wir redeten. Er
bat mich, mit auf ein Fest zu kommen, das Freunde für
seine Schwester organisiert hätten, ein Scheidungsfest, sie
sei frisch geschieden, es sei außerhalb und ich habe ein
Auto und so weiter. Ich sagte nein, ich hätte Termine.
Karl war der Meinung, ich ließe mich hängen, mir täte es
gut, privat unter Leute zu gehen, und im Übrigen wolle er
mir endlich mal seine Freundin vorstellen.

Wir trafen uns am frühen Abend im Zentrum. Ich fuhr
nervös, spürte die blanken Nerven, doch meine Neugierde hatte gesiegt. Die Spannung war kaum zu ertragen.
Als ich in das verabredete Lokal kam, saß Karl schon da.
Er war allein und trank Martini. Ich bestellte einen Whis-

key. Ich fühlte mich elend. Karl sagte, seine Freundin käme direkt auf das Fest, wir könnten gleich losfahren. Ich bestand auf einem zweiten Whiskey.

Im Auto begann er zu erzählen, und ich war erleichtert, dass ich jetzt endlich Klarheit haben würde. Er sprach von seiner Freundin, die sich für lange Zeit nicht mehr gemeldet hatte und erst kürzlich wieder aufgetaucht sei. Je näher wir an den rötlichen Horizont fuhren, umso stärker hatte ich das Gefühl, mit einem jetzt nicht mehr elastischen Seil an einem Punkt weit hinter mir befestigt zu sein.

Kurz vor dem kleinen Ort, in dem die Party sein sollte, sagte ich:

– Ich kann nicht mitkommen. Bin einfach zu unruhig, wegen einer beruflichen Sache.

Etwas in Karl ließ mich immer genau das tun, was ich nicht wollte. Auch diesmal schaffte er es, mich umzustimmen.

Vor dem Haus angekommen, hatte ich das Gefühl, alles überstanden zu haben. Wie nach einer langen Krankheit. Ich dachte an Julia, und dass es eine kurze Traumzeit war. Karl wusste nichts und würde niemals davon erfahren. Er sah mich an und boxte mir liebevoll in die Rippen.

– Komm, lass uns reingehen, dann stell ich dir erst mal meine Schwester vor.

Mutter das Leben verlängern

Dass sie wirklich starb, war für mich ein Schock. In letzter Zeit hatte ihr Tod zwar im Raum gestanden – über dieses Bild musste ich manchmal trotz allem lächeln: Wie er da die beiden Töchter um das Bett der kranken Mutter werkeln sah, fast andächtig, eine durch Not geborene Gemeinschaft. Das Bild war gewöhnungsbedürftig, nicht nur für den Zuschauer. Dann ging es ihr besser. Wir hatten durch die gemeinsame Sorge allmählich neue Kräfte bekommen und glaubten, jetzt könne nichts Schlimmes mehr passieren. Eingespielt waren wir. Die Verschiedenheit der drei Leben fiel von uns ab, und übrig blieb ein einstimmiges Helfen und helfen lassen. Der Gedanke an den Tod erschien jeder absolut unpassend. Umso wilder saß sein Hieb! Indem Mutter starb, nahm sie uns mit einem Schlag diese Hoffnung weg – und das Kindsein.

Das wird mir am offenen Grab klar. Es zieht. Ein mächtiger Schmerz packt mich und hämmert mir auf die Brust: Du bist kein Kind mehr, jetzt ist es vorbei, unwiederbringlich! Seit einigen Jahren bin ich selbst Mutter und kenne die Rolle, habe eine Familie und ein kleines Weingut in Italien. Mehr als meine kinderlose Schwester stehe ich, wie man sagt, mit beiden Beinen auf dem Boden. Ja, meine Schwester, als ältere war sie immer vernünftiger und weiter entfernt von diesem herrlichen Zustand der Verantwortungslosigkeit. Auch sie darf nun nicht mehr Kind sein. Gewiss kein Katzensprung, da ihr entrissen wurde, was sie kaum gelebt hat oder, so wie ich, auskosten konnte. Ich war es doch immer, die sie zu den wilden und gewagten Streichen anstachelte, unzählige Male musste sie dafür gerade stehen. Nun steht sie wieder da, mit gesenktem Kopf und um etwas trauernd, was sie nicht verschuldet hat. Oder vielleicht doch ...

Mein Blick fällt auf den Haufen frisch aufgeschütteter Erde, die seitlich ein Spaten und Fußspuren von Kindern ziert. Nein, zwischen uns ändert sich nichts: Irmi wird meine Schwester und die Tante, vor allem die Tante meiner Kinder bleiben. Die Arme, unter einem erfüllten Leben stelle ich mir mehr vor, sie tut mir Leid.

Mutter war Köchin. Ausgebildet hat sie der Krieg, wo es darauf ankam, aus dem Nichts etwas zu machen. Mit unermüdlicher Phantasie gelang es ihr, Rüben oder Kartoffelschalen oder Brennnesseln in Essbares zu verwandeln, das den geschrumpften Mägen eine winzige Portion Aussicht auf bessere Tage erlaubte. Manchmal, so als junges Ding, ergatterte sie ein wenig Fett und bereitete daraus kleine Labsale gegen *das stechende Gift Hunger*. Worte des Schneiders, der mir in seinem hohen Alter von der Zeit erzählte. Er war während des Krieges bei meinen noch kinderlosen Eltern einquartiert und meiner Mutter dankbar, bis er starb. Später besorgte er Vater eine Arbeit beim Rundfunk. Der damalige Direktor ließ sich seine Anzüge bei ihm machen – Maßgeschneidertes war in der Nachkriegszeit rar. Als meine Schwester geboren wurde, avancierte mein Vater zum Sprecher. Irgendwann war mir aufgefallen, beide Eltern hatten auf ihre Weise mit dem Mund zu tun: Mutters Kunst ging durch den Mund, erfüllte die Menschen, und Vater stellte durch dieses Tor seine Stimme in den Dienst der anderen.

Es sei ein beglückendes Gefühl gewesen, hatte mir Mutter einmal gestanden, dass der Mann im Radio mit der wohlklingenden Stimme, die alle hörten, über die Stadtgrenze hinaus bis in die abgelegensten Gehöfte und zu den Schiffern auf dem Rhein, dass dieser Mann mit ihr intim sei. Es habe Zeiten gegeben, da wiederholte sich der kleine private Kitzel mehrmals am Tag. Und als Wöchnerin sei sie zufällig mit ihren milchgespannten Brüsten ins Schwesternzimmer geraten, als der vertraute Klang den Raum erfüllte, und gleich habe sie sich nicht mehr wie eine wandelnde Molkerei gefühlt, sondern wie Rita Hayworth, oder wenigstens wie ein Hollywoodsternchen. Sie erzählte es leider erst, als ich schon Kinder hatte, so was vorher zu wissen, hätte mir geholfen.

So lange mein Vater lebte, schien es, als seien wir Mädchen nicht beim Sex entstanden, eher durch irgendeine andere, sicher liebevolle Betätigung wenig erotischer Natur. Meiner Schwester fiel das nicht auf: Diese Dinge sind ihr vollkommen fremd. Vielleicht hat sie diese schlichte Vorstellung, oder ist die schon einfältig?, von Vater geerbt. Manchmal wundere ich mich über unsere Verschiedenheit und vermute, ich bin ein Kuckucksei. Aber welches Kind streift diesen Gedanken nicht irgendwann einmal. Hoffentlich kommt er meinen gar nicht erst in den Sinn. Mutter rückte nie so richtig mit der Sprache raus.

Da steht zum Beispiel ihr Arzt, mit Sonnenbrille. Sie hatte sich in ihn verliebt. Eigentlich wunderbar. Ich glaube, er sich auch in sie, wofür die dunklen Gläser sprächen. Passiert ist es während ihrer Krankheit. Er behandelte Mutter nach ihrer einseitigen Mamaamputation – noch in der Blüte ihrer Brüste. Die rechte war es, Seite des Verstandes, der Kontrolle. Vielleicht hat sie auch zu oft den Kochlöffel geschwungen, die ständige Reibung vorbei am großen Busen, Dauerbelastung. Es gibt solche Theorien. Der Arzt teilte sie nicht, hielt sie für einen jener herumgereichten Versuche, den Betroffenen die bohrende Frage *warum gerade ich* abzumildern. Vernünftig nannte das meine Schwester, fand die Haltung des Arztes richtig, ihn überhaupt. Noch so eine Kandidatin, dachte ich damals. Als

Amazone hätte sie genauso wenig getaugt wie Mutter. Und was ahnte sie schon von der kleinen Wonne, die sich unsere Mutter gönnte, dem sterilen Weiß trotzend.

Denn in der unpersönlichen Welt des Krankenhauses hat sie sehr gelitten. Kein Raum für Freude oder Ruhe, und keine Intimität. Die größte Qual war ihr das Essen. Niemals hat es bei uns etwas vergleichbar Schlechtes gegeben. Weder Tiefkühlkost, niemals!, noch Dosenfraß, wie sie es nannte. Überhaupt wurden die Töpfe und Pfannen nicht kalt. Fast immer köchelte etwas auf dem Feuer, stand im Ofen, zunächst für meinen Vater mit seinen unregelmäßigen Schichten oder für uns Mädchen. Dann für unsere hungrigen Freunde, die später noch als Verflossene kamen und mit den aktuellen aßen. Und natürlich für all ihre Freunde. Viele, viele Münder gefüllt, Mägen beköstigt. War es das, warum ich mich in der italienischen Küche gleich so aufgehoben fühlte – wie zu Hause ist sie die Wiege des Lebens. Diese Wärme und der Geschmack der mütterlichen Genüsse, ihre sozial weit reichende Gastkultur. Nur bei einer Mahlzeit hatte Mutter nach zähem Ringen ihre klaren Ansprüche an Qualität aufgegeben: die morgendlichen Cornflakes. Erkauft damit, dass sie für uns, halbwüchsig und albern, nicht aufstehen musste, und das Einzige, über das wir Schwestern nicht stritten. Heute würde ich mich schämen für einen so billigen Frieden. Cornflakes! Was waren wir doch für hartnäckige Gegnerinnen: Meine Schwester verabscheute Suppen, Eintöpfe und alles Scharfe, was ich mochte; sie liebte rohes Gemüse, ich gekochtes, doch das rohe fein geschnitten, appetitlich, mundgerecht; nichts durfte grob, vermengt sein oder irgendwie extrem. Manchmal kam mir ihr ordentlicher Geschmack vor wie der einer Frau, die keine Kinder bekommt. Diesen Wunsch hat sie auch nie geäußert.

Wie der Arzt da mit Sonnenbrille unter den Trauergästen steht. Im Grunde verhält er sich mutig und zeigt, dass ihm diese Patientin am Herzen lag. Er wird Mitte fünfzig sein, jung also. Viel jünger als Mutter, die gerade zwei Jahre lang Witwe war, als das mit der Brust anfing. Trotz ihres Alters strahlte sie unbändige Vitalität aus. Eine der sehr zierlichen Köchinnen, mit schönen Beinen und einer Löwenmähne. Sie wirkte immer so frisch. In die Wechseljahre ist sie gar nicht gekommen. Unseren Vater hat das ebenfalls gewundert, vielleicht auch ein wenig geschwächt, zumal er in der Zeit vor seinem Autounfall oft abgespannt war. Sicher schon ein kleines Kunststück, uns drei Frauen gerecht zu werden; wie mein Vater aber Mutters attraktiver Offenheit begegnet ist oder versucht hat, sie glücklich zu machen, kann ich mir kaum vorstellen. Ihre natürliche Art, die wie ein Sog wirkte, blieb einfach übrig, nach seinem so plötzlichen Tod. Warum sollte sich der Arzt davon nicht angezogen fühlen.

Und sie hat sich verzehrt nach ihm, im riesengroßen Raum der Sehnsucht. Beiden waren ja die Hände gebunden, sich immer nur in den Nischen seiner Dienstzeit sehen können. Irgendwie scheinen sie dann doch Mittel und Wege gefunden zu haben. Winzige Aufmerksamkeiten im durchorganisierten Rhythmus, aus dem die Visite wie ein Paukenschlag hervorragte: Lichtblick, das Schauen, Blicke tauschen, ein Zwinkern. Einmal berührten sich sogar ihre Fingerspitzen. Und es ging weiter, wie ihre Genesung.

Dann kam die Einladung: eine Liebesbotschaft, heimlich und kühn auf ein Rezept gezeichnete Skizze vom Korridor mit Pfeilen zu den Betriebsräumen und einem dicken Herz in der Wäschekammer. Am Rande stand die nächtliche Uhrzeit. Ich sehe sie vor mir, wie sie dort hinschleicht im spärlichen Schein der Nachtbeleuchtung, schön gemacht und aufgeregt, voller Liebessaft bis in ihre einzige Brust, unter der das Herz wild wummert vor Erwartung. Und sie findet die Tür angelehnt und ihn bereit für eine Berührung, von der sie wieder leben kann. Welches Glück ihr diese Begegnung war, hat sie mir gestanden – alles andere vermute ich. Warum sollte sie uns mehr von ihren Geheimnissen preisgeben.

Aber was um alles in der Welt hat zu ihrem Rückfall geführt? Ging es ihr nicht blendend! Der Arzt war sehr zufrieden, die Krankheit sei überwunden. Sie hatte sogar schon wieder angefangen zu kochen, ab und zu jedenfalls. Ich war längst bei meiner Familie in Italien und beschnitt die Reben, knipste die weiblichen Triebe heraus. Und dann, von einem Tag auf den anderen, erzählte Irmi am Telefon, verlor sie ihre Kräfte. Im Mai legte sie sich ins Bett, um es nicht mehr zu verlassen. Nichts hätte sie dazu bewegen können, wieder ins Krankenhaus zu gehen, was der ratlose Hausarzt empfahl.

Ich fuhr nach Deutschland, meine Besuche wurden immer länger. Noch mehr als der unerklärliche Rückfall verwirrte mich etwas anderes: Ein fremder, fast unpersönlicher Ton herrschte, besonders bei Mutter, als würden sich die beiden nur flüchtig kennen. Ich versuchte dem Stimmungswandel auf die Spur zu kommen, forschte nach einem Vorfall oder Ereignis. Mutter machte mir auf ihre eigene Art klar, dass ich mich täusche. Doch Irmi war erbost, warf mir vor, Gespenster zu sehen. Meinen Vermittlungsvorschlag, den Arzt aus dem Krankenhaus kommen zu lassen, lehnte Mutter heftig ab. Als der Herbst anbrach, meinten wir eine Besserung zu beobachten, wenigstens nahm ihre Schwäche nicht zu.

Der Zug strebt dem Ausgang entgegen, löst sich auf in kleine Gruppen. Viele sind gekommen, Verwandte und Freunde, vor allem Freunde, Bekochte. Gleich werden wir uns wieder sehen zum Essen und Vergessen. Es war alles sehr würdig bisher. Wenn ich daran denke, wie mühsam sich Irmi und ich über das Menü geeinigt haben. Glücklicherweise ist das Wort Leichenschmaus nie gefallen. Nur, wer kocht? Eine Frage, die sich für die Beerdigung meines Vaters nicht gestellt hat. Aber hier geht es um das Andenken an eine hohe Kunst, in dessen Genuss alle Anwesenden irgendwann gekommen sind – selbst der Arzt, wie ich erfahren habe. Und wir wollen unsere Mutter nicht beleidigen, erst recht nicht, wo es darum geht, ihr Leben zu verlängern.

Nun, wir haben es gelöst. Das kalte und warme Buffet leuchtet vorsichtig durch die schwarze Kleidung der Gäste hindurch. Es prangt in allen Farben und sieht eher nach einem Erntedankfest aus. Niemand hat es fotografiert. Meine Schwester unterhält sich mit dem Arzt, fast angeregt. Als sie zu mir herüberschaut, fällt mir ihr wild glänzendes Gesicht auf. Der Anblick bleibt stehen, brennt. Mir wird plötzlich schlecht – wo ist der Onkel, mit dem ich gerade noch gesprochen habe? Tief unten im Bauch braut sich was zusammen, schwarz, erschreckend schwarz …

Da greift Irmi den Arzt leicht um den Oberarm und führt ihn wie ein Papierschiffchen stupsend in meine Richtung. Beide tragen einen festlichen Ausdruck im Gesicht, bei meiner Schwester überwiegt der Glanz, dieser elende, triumphierende Glanz – als könnte er verstrahlen.

Jetzt stehen sie vor mir, und ich denke: Seite an Seite. Meine Übelkeit sackt bis in die Beine. Irmi lächelt, verhalten natürlich, aber mit Überzeugung.

– Du fährst doch morgen schon zurück, nicht? Da wollte ich dir vorher noch … in aller Ruhe … vielmehr wir wollten dir eine Neuigkeit mitteilen … sagt sie und stutzt auf einmal:

– Was ist, geht es dir nicht gut? Du bist ja kreidebleich! Peter, tu doch was! Sie kippt gleich um …

Vatertag

Horst war gerade los. Kurz nach zwölf. Es tat nicht weh, nicht mehr. Ihr Gefühl sagte, er macht es vor allem, weil man eine jahrelange Gewohnheit nicht einfach aufgeben kann. Gerade, wenn es sich um ein sinnloses Besäufnis unter Männern handelt. Sich an diesem Tag mit Frauen zu verabreden, wäre ihr nicht eingefallen.

Nach dem Frühstück war er in den Keller gegangen und fluchend mit dem Bollerwagen hoch gekommen, der feuchte Winter hatte dem Teil aus Kinderzeiten arg zugesetzt – es quietschte und bewegte sich schlecht. Horst hatte die blaue Synthetikwurst von Schlafsack hineingeworfen, die Jungens verabschiedet, sie, dann nahm ihn sein Freund in Empfang. Es würden noch genügend Kumpels hinzukommen, um mehrere Fässer Bier zu leeren.

Die Stille erleichterte.

Die Nacht tauchte wieder auf. Er hatte sie gefragt, ob sie gekommen sei – noch jetzt war sie darüber verwundert – und als sie leise verneinte, hatte er tatsächlich gesagt:
– Aber es wäre doch schön! Mehr nicht.

Die Jungens waren verabredet. Max hatte sich schon am Morgen mit den Nachbarn zum Baggersee aufgemacht. Und Stefan, ihr Großer, wollte zu einem Freund irgendwo außerhalb, aber sein Fahrrad war kaputt. Nun musste er fragen, ob sie ihn bringen könne – Papa hat doch den Wagen dagelassen ... Sie spürte, wie er sich überwinden musste. In der Zurückhaltung glich er seinem Vater. Vielleicht musste Horst deshalb diesen Tag begehen, um die Verschlossenheit seines Sohnes als die eigene zu erkennen, zu ertränken. Der Vatertag schien ein Fluchttag – so oder so.

Ob sie gekommen sei, so was hatte er noch nie gefragt. Er war überhaupt irgendwie anders gewesen heute Nacht. Kein Reptil. Nicht wie sonst der schnelle, aber kühle Nahkampf im Dunkeln, wenig Eleganz oder Ruhe, mehr stumpfes Marschieren durch eine reizvolle Landschaft, und nur nicht vom Weg abkommen. Manchmal dachte sie, kein Wunder, dass er damals bei der Bundeswehr nicht in die höheren Ränge aufgestiegen war. Da herrschte Disziplin eben nicht nur aus Pflichtgefühl, sondern sie entstand leicht, fast aus dem Abschweifen. Und wer abschweifte, der war gelassen. Das vermisste sie.

Wie gerne würde sie geleckt werden! Sie träumte davon, dass er sich verlieren könnte zwischen ihren Schenkeln, einfach so, und es nicht mit der Vorstellung tat, so muss es sein, damit sie ihren Orgasmus bekam. Wo war der Spaß, wo die Lust! Sein Bedürfnis, ja das spürte sie, aber es war, als renne er auf seiner Zielgeraden und nicht zu ihr. Wenn er mit ihr ins Bett ging, schien es eine Befriedigung wie Pinkeln oder Scheißen. Funktionieren. Keine Hand, die sich ungefragt um ihre Brust wölbte oder ihr an der Mähne riss im Verlangen. Nicht mal hinter einem schönen Frauenarsch würde er herpfeifen – sie konnte es sich kaum vorstellen. Aber einen Mann, der sie begehre ...

Mit Aussehen hatte das wenig zu tun, ihre körperlichen Makel kannten sie beide, mit Phantasie aber. Und mit Neugier. Als Mädchen spielte sie viel lieber mit Jungens, aber wusste um die Gefahr, weit rauszuschwimmen und das weibliche Festland zu verlassen, diesen schmalen prickelnden Raum. Doch es ging nur so. Sich etwas vorstellen und zulassen, es möglich machen. Zu zweit war es vielleicht manchmal unbequem und bedeutete Arbeit. Aber auf anderen Gebieten schafften sie es doch auch, einigermaßen. Wie war aus ihrem bescheidenen Liebesleben nur dies Moor geworden, um das er einen Bogen machte. Und dann, heute Nacht, das Irrlicht.

Sie dachte an Stefans Freund – Leon hieß er und war kurz vor dem Abitur von der Schule abgegangen. Die beiden machten zusammen Musik. Wie leicht gelang es, sich eine flüchtige Berührung mit ihm auszumalen. Das genügte schon. Oder damit den Keim legen für mehr, vielleicht sogar für kleine, heimliche Begegnungen. Wagen würde sie es nie.

Von oben krachte laute Musik herunter, welcher Art, war gar nicht mehr zu hören. Stefan hatte seine Zimmertür aufgerissen. Kurz nur, dann verstummte der Schlund.

Der Mann von Gegenüber rauchte. Das tat er, wie immer, am halb offenen Fenster stehend. Mit gelbem Gesicht. Die Katze strich ihm um den Oberarm, der in einer englischen Wolljacke steckte. Wie deren Muster hieß, hatte sie vergessen. Das Tier wanderte von rechts nach links mit erhobenem Hinterteil und schubbelte das Fell an der Jacke. Er berührte die Katze nicht, rauchte nur, saugte und starrte, bis sich das Tier unter die üppigen Grünpflanzen trollte. Dass Tropisches so gut gedeiht bei einem passionierten Raucher. Als die Zigarette zu Ende war, schloss er das Fenster, ging zur Mitte des Raums und begann, den Arm, auf dem die Katze so viele Haare gelassen hatte, in weichen Schwüngen hin und her zu bewegen. Er bügelte! Sie fasste es nicht! Am Vatertag. Selbst wenn er keine Kinder hatte. *Sie* würde heute nichts im Haushalt tun. Nichts! Er rauchte nur, wenn seine Frau nicht da war – so kam es ihr vor.

Stefan drängte zum Aufbruch. Sie überlegte, ob sie einfach zum Schwimmen fahren sollte, schnell noch die Badesachen einpacken, entschied sich aber dagegen. Über ihren Tag wollte sie in Ruhe entscheiden, nachher, ganz allein.

Sie stiegen ein. Es war heiß. Bald könnte er selbst fahren, ein paar Fahrstunden hatte er schon hinter sich. Es war wenig Verkehr.

– Was ist eigentlich mit Leon?

– Was soll mit dem sein?

– Ihr habt euch so lange nicht gesehen.

– Ja und?

– Na ja, ich dachte, weil ihr doch sonst regelmäßig probt.

– Tun wir ja auch, aber unser Frauenheld hat halt nicht mehr so viel Zeit.

– Aha.

– Vielleicht kommt er ja heute.

Er schaute aus dem Fenster.

Manchmal hatte sie das Gefühl, er verachte sie.

Durch ein Wiesenstück streiften vier Männer mit Bollerwagen. Sie hielten auf eine Gruppe zu, die es sich schon im Gras gemütlich machte. Das Grölen hatte ihre Blicke angezogen, Stefan sah schnell weg.

Damals war Horst am nächsten Tag ziemlich verkatert zurückgekommen, und das war nichts Neues. Aber irgendetwas schien merkwürdig. Er schaute sie öfter an, dann wieder nicht, unruhig wie ein Tier. Diese Unruhe hatte sie plötzlich erschreckt. Meistens verhielt er sich ihr gegenüber freundlich oder gleichgültig, nie aber so. Vielleicht ein schlimmer Befund beim Arzt, von dem er nichts erzählen wollte … Oder wirklicher Ärger im Büro. Dann hatte sie versucht, sich zu beruhigen, wahrscheinlich wollte er wieder den Sommerurlaub runterkürzen. Doch die Unruhe blieb in einer Weise, die ihre Vermutungen ausschloss.

Er hatte es ihr nie gesagt. Beichten war unter seiner Würde. Sie bekam es heraus. Weiblicher Instinkt oder Spürsinn – als sie das Puzzle zusammen hatte, war sie nur verletzt. Es interessierte sie nicht mehr, dass sie es durch eigenes Betreiben erfahren und ihn dadurch beschämt hatte. Es interessierte sie auch nicht, dass es die Frau seines Saufkumpanen war, die betrunken über ihn hergefallen sei, er habe kaum etwas mitbekommen, was ihn noch mehr beschämen musste. Schlimmer wurde es erst nach einiger Zeit, als sie es geschafft hatte, die Gespenster zu vertreiben, die Phantasien, was er nun doch mitbekommen hatte von dieser Frau und ob er verglich. Gemocht hatte sie sie nie.

– Ej, wir hätten hier links gemusst!

– Ist ja gut, ich kann da vorne wenden.

Schlimmer war, dass sie bei den ersten vorsichtigen Annäherungen, bei denen sich Horst wirklich Mühe gab, bemerkte, wie sein Ausrutscher den Schrecken verlor, wie sie ihn gar nicht mehr so schlimm fand, sondern irgendwie schillernd, schlüpfrig, fast anregend. Sie verspürte den Wunsch, von der Nacht zu erfahren, dass er davon erzählte. Sie hätte es gerne gehabt, dass er bei dem Vorstoß auf verbotenes Terrain etwas entdeckt hätte, das sie durch ihr unzugängliches Moor führen konnte, einen schmalen Pfad vielleicht, den sie nur beherzt nehmen müssten. Ja, wenn er in der fremden Lust etwas gefunden hätte, das sie beide bereichern könnte. Aber falls es wirklich so war, wie sollte sie davon erfahren. Sein Bemühen spürte sie ja. Vielleicht war er deshalb heute Nacht anders gewesen, weicher und fordernder zugleich.

– Rechne beim Abendessen nicht mit mir, sagte Stefan und bot ihr schlendernd den Rücken. Der Vorgarten des Bungalows wirkte winzig.

Nein, sie rechnete nicht mit ihm. Aber ein Mann war er geworden.

Leere Straßen. Wie schön, alleine zu sein. Sie würde nicht weggehen, sie wollte die Ruhe zu Hause genießen. Manchmal betrachtete sie sich im Spiegel, jetzt, wo sie wieder leichte Sachen trug. Im vergangenen Jahr hatte sie sich beim ersten Sonnenschein ein Sommerkleid gekauft. Nackt vor dem Spiegel zu stehen gefiel ihr. Sie wandte sich um, schaute ihren Po an, meistens war sie zufrieden, die Beine von hinten, beugte sich leicht vor, um eben das dichte Schwarz ihrer Scham durchschimmern zu sehen – so hatte Horst sie noch nie angeschaut. Dann drehte sie sich wieder herum, prüfte ihr Dreieck, die Finger in der Leiste, mussten da Haare rasiert werden? Wie sie wohl rasiert aussähe? Oh, war die Frau etwa rasiert gewesen – das hatte sie sich noch nie gefragt! Ob er das schön fände?

Ja, sie würde sich gleich ein bisschen vor den Spiegel stellen, auch etwas an sich rumspielen … früher war es ihr immer wie Betrug vorgekommen, seitdem nicht mehr.

Als sie in ihre Straße einbog, stand der Mann von gegenüber vor der Haustür. Was wollte der denn! War wohl mit Bügeln fertig. Sie hatte keine Lust, ihm zu begegnen, nicht heute. Eigentlich sah er ganz passabel aus, war etwas jünger, aber er hatte etwas Unbestimmtes. Kurz entschlossen fuhr sie am eigenen Haus vorbei. Nach fünfzig Metern sah sie ihn im Rückspiegel wieder die Straße überqueren, ein Segen, so konnte sie nach der Runde um den Block vor der Tür parken und die Welt gehörte ihr.

Sie hatte Musik aufgelegt, ziemlich laut. Ihr gefiel die Stimme von Holly Cole – Verführung pur. Im Haus war es etwas kühler, immer noch warm, fast Körpertemperatur, sie konnte die Räume spüren. Alleine fühlte sie sich ganz anders dort: Alles war weiter, luftiger, besonders das Schlafzimmer. Froh darüber, jetzt nicht Bier trinken zu müssen, hatte sie das dünne Sommerkleid angezogen, nur um es gleich wieder auszuziehen, ganz langsam. So würde sie gerne von Horst entkleidet werden, aber nach all den Jahren mochte sie nicht darum bitten.

Für ihr Alter sah sie noch ziemlich frisch aus. Sie wölbte die Hand über ihr Flies, nur eine ganz leichte Berührung, wie Wind. Dann legte sie zwei Finger in die Spalte. Es erregte sie. Langsam begann sie, sich zu reiben. Die Lippen leuchteten hell rosenrot im Spiegel, ein Schlitz im schwarzen Kranz, erinnerte an nackte Frauen auf naiven Bildern. Immer wieder befeuchtete sie die Finger, öffnete sich weiter, und das Rot wurde praller und schimmerte ihr entgegen. Sie musste sich setzen. Auf dem Bett konnte sie sich nicht mehr im Spiegel sehen. Das schwere Ding also runter von der Wand und auf den Boden gestellt. So, jetzt war es genau richtig.

Wunderbar.

Es schellte!

Oh, nein! Alleine – reiben – auf den Berg kommen – oben auf der Spitze – ganz leicht – ohne Geländer, das wollte sie.

Es schellte!

Ihre Spitze entschwand.

Verdammt!

Sicher wieder der Nachbar, jetzt hatte er das Auto vor der Tür entdeckt. Warum hatte sie es bloß dahin gestellt.

Hastig zog sie das Kleid über und ging barfuß die Treppe runter. Im Flur sah sie, dass die Silhouette hinter der Tür einem Mann gehörte, einem großen. Sie würde ihn schon abwimmeln ...

– Hi, ist Stefan nicht da?

– Oh ..., hallo Leon! Ähm, nein, er ist schon los. Er ist schon bei Gernot.

– Ach so. Das ist ja blöd. Ich dachte, wir könnten zusammen hinfahren.

Leon stand in der Tür, die langen Haare fielen bis auf sein Kreuz. Er war attraktiver als sie ihn in Erinnerung hatte. Auch wirkte er älter.

– Kann ich eben reinkommen, ich hab ziemlichen Durst. Er deutete auf das Rennrad hinter sich.

– Jaja ... natürlich.

Sie trat einen Schritt zurück, er kam herein und schloss die Tür. Die Geste hatte etwas so behutsames, dass sie an Schutzengel denken musste. Holly Cole erfüllte das Haus – bestimmt nicht seine Musik. Er folgte ihr. Beim Gehen spürte sie ihren Hintern so frei unter dem Stoff. Ihre Füße machten auf dem Küchenboden ein Kindergeräusch, dazu das Schrubben seiner Tennisschuhe.

– Wer ist das?

– Holly Cole. Soll ich's leiser machen.

– Nö, is gar nicht so schlecht. Hat was Schwarzes in der Stimme.

Heute Morgen hatte sie die Haare gewaschen.

– Was möchtest du trinken?

Sie ging zum Kühlschrank. Der stand voller Getränke. Leon reckte den Arm über ihren Kopf, um die schwere Tür aufzuhalten. Jugendlicher Schweißgeruch, anders als der ihrer Söhne.

Er betrachtete eingehend den farbigen Inhalt. Dann sagte er plötzlich:

– Campari Orange!, und das *i* von Campari klang wie ein kleiner Feuerwerkskörper.

– Oh! Sie war wirklich überrascht. Campari mochte sie besonders, trank ihn aber selten.

Holly Cole sang *take me home, you silly boy.*

Die Gläser standen oben im Schrank. Wieder das Gefühl unterm feinen Stoff. Auch ihren Dunst könnte er riechen, falls er eine gute Nase hatte. Sie stellte zwei Gläser neben Campari und Saft auf den Tisch, nahm die rote Flasche und schenkte ein. Nach einem Drittel schaute sie kurz zu ihm rüber. Er griff zum Saft, schüttelte ihn kräftig, und als er dem Flaschenboden einen Schlag verpasste, fiel ihr ein, dass er Tennis gespielt hatte, gut sogar. Die beiden Farben mischten sich schnell und heftig miteinander, doch das Getränk wirkte weich – bitterer Alkohol, aufgefrischt mit Orangensaft, mit Vitaminen, das gefiel ihr. Alleine trank sie ihn pur.

en passant

Wanne

Es gab einen Ort der weichen Füße. Meistens am Wochenende. Er saß immer schon drin, wenn sie, die Kleider aufs Bidet gehäuft, zu ihm in die Wanne stieg. Weiß war der Schaum und dicht wie Mutters handgeschlagener Eischnee; nur da, wo ihre jetzt größeren Füße durchgeschlüpft waren, klafften dunkle Wasserlöcher. Das offene Dreieck aus langen Beinen nahm sie auf. Sie kannte es schon, und doch meinte sie jedes Mal in neue Empfindungen einzutauchen: warmes Wasser, der feine, weiche Film auf dem Wannenboden, der Geruch von *badedas* und die sehnigen Waden ihres Vaters. Wie vorsichtig er sie an ihre Flanken legte. Sie rutschte erst ein wenig hin und her, die beiden Beine um sie herum gaben nach, um sich dann mit einem Ruck zu strecken und die Füße hinter ihrem Rücken zu schließen – nur für einen Moment. Dabei lachte ihr Vater oder er zwinkerte mit den Augen.

Jetzt saßen sie zusammen in der Wanne.

Und mitten im Spiel, der Schaum war schon ein wenig weggeperlt, trafen ihre Fußsohlen auf den weichen Flaum im Tal seiner Beine, und sie wusste, sie durfte die Füße nur sachte bewegen, so wie das Fließen der Härchen, in die sich flüchtig ein zarthäutiges Gebilde schob. Gleich befiel sie das Verlangen, kleine, vorsichtige Tritte zu machen wie die Kätzchen an der Milchbrust. Die Berührung geschah ohne Reden, war einfach schön. Sie saßen in einer Seifenblase. Nur nicht kaputtmachen! Sie spielte währenddessen, schob Schiffchen durch den Schaum, die blaue Insel schwankte und neigte ihre Niveaschrift, oder sie holte einen Waschlappen vom Grund.

Dann aber begann ihr Vater sich einzuseifen.

Das Feine unter der Wasseroberfläche war verschwunden, der Schaum auch. Seine Bewegungen waren jetzt laut und deutlich. Ja, sie musste ihr Spielen davor schützen und wurde ebenfalls lauter. Das Wasser schwappte aufgewühlt, Unruhe verbreitend. Wer zuerst einsteigt, darf auch als Erster wieder raus. Er löste damit ein Meerbeben aus. Etwas schwängelte in der Luft, der ellenlange Griff nach dem Handtuch, das rubbelt und gezogen wird, bis es friedlich um die Hüften spannt über dem kleinen, unterirdischen Berg.

Sie hat nun die Wanne für sich, allein. Auch das ist gut, aber anders. Frühling und Herbst mag sie beide. Die vielen kleinen Ereignisse sind vorbei, die Wogen geglättet. Durchsichtig das Wasser, aber nicht klar – wie ihre Gefühle. Sie badet einfach.

Brüste

Ihre Freundin Moni ist elf, hat aber schon zwei sanfte Hügel. Sie liegen nebeneinander im Bett und reden – sie darf oft bei ihr übernachten. Sie hat ein Spiel vorgeschlagen. Als Moni den Schlafanzug anzog, konnte sie sehen, wie sehr ihre weichen Erhebungen gewachsen sind. Die möchte sie berühren! Doch sie muss vorsichtig sein, Moni ist scheu, sie würde nicht mitspielen, wenn der Prinz ihre Pocken oder die der armen Müllerstochter befühlte, um sie zu heilen. Lieber spielt sie die Mädchen – gern erfüllt sie ihr diesen Wunsch. So sind sie jetzt im Krankenhaus, Moni liegt und sie ist die freundliche Schwester. Massiert ihr den geschundenen Rücken. Zum Glück war der Unfall nicht so schlimm, die Behandlung wird gut tun. Sie dreht sie behutsam auf die Seite, schiebt das Oberteil hoch und beginnt ihr den Rücken zu streicheln. Die Mitte rauf und runter gleitend, wieder und wieder – es ist anstrengend. Ihre Hände auf den Schulterblättern beschreiben feine Kreise und Os. Natürlich ist sie der Prinz, nur für sich! Und Moni vertraut allmählich den Händen dieser Krankenschwester. Ob sie jetzt schon näher an ihre Hügel kann? Vorsichtig streicht sie mit der Linken von der Schulter zur Seite hin. Fühlt ihre schmale Flanke. Da sind die Rippen – wie die Sandrippeln bei Ebbe, über die sie im Sommer gemeinsam gelaufen sind. Jede einzelne Mulde nimmt sie mit den Fingerspitzen, immer weiter, und gerät ein wenig nach vorne. Mit glühenden Fingerkuppen. Dem Prinzen klopft das Herz. Moni gibt einen winzigen Laut von sich – er klingt unmutig – und dreht sich dann weg von ihr. Der Prinz ist zu ungestüm. Er muss eine Pause machen. Im Bauch zieht es, ihm ist heiß. Er will zu diesen wunderbaren weißen Hügeln mit den runden rosa Schatten, oder sind sie braun? Es ist kaum auszuhalten! Beide Hände nimmt er, um ihr wieder den Rücken zu streicheln, langsam. Der fühlt sich an, als ob es ihm gefiele. Vielleicht schläft Moni ja ein. Nein, dafür ist sie zu neugierig. Jetzt flüstert sie ihr ins Ohr: Legen Sie sich bitte auf den Rücken … Was wird sie tun? Es ist so ruhig. Doch jetzt bewegt sie sich, dreht sich tatsächlich zu ihr, langsam mit der Schulter an ihren eigenen flachen Brüsten vorbeigleitend bis sie auf dem Rücken liegt. Oh wie schön! Vorsichtig richtet sie sich auf, nur wenig. Die Hitze zündet ihren Mut, sie knöpft ihr die Schlafanzugjacke auf. Die Patientin hält still. Und als der Stoff sich öffnet und erst einen Streifen und dann die ganze Brust freilegt, sieht sie die beiden hellen weichen Berge. Wie im Mondlicht stehen sie vor ihr, so weich und nah und sanft und rund. Gierig streckt der Prinz seine Hand aus und wölbt sie über diese warme Fülle. Dann senkt er die Hand ganz langsam, noch weiter, sachte, noch weiter, bis sie die Brust berührt.

Bote

Die Fenster und alles was licht war, lagen unerreichbar hoch. Nur ein Stück Himmel konnte sie sehen und die Kastanienwipfel, wie sie vor dem Wind ihre schweren Kronen neigten. Selten übertönte ihr Rauschen die Stimme der Lehrerin, selbst dann bemerkte es die große Frau kaum. Sie schaute gerne zu den Bäumen.

Im Herbst, wenn sie nach den stacheligen Hülsen warfen, war der Schulhof in Bewegung. Es herrschte Aufbruchstimmung, letztes Aufbegehren vor dem Winter, lang und kalt und lähmend. Die Kastanien fielen und kollerten, auch zu Füßen eines Todfeindes. Welch perlige Wonne in den Anoraktaschen. Während des Unterrichts spielte sie mit den Handschmeichlern.

Drei Reihen vor ihr saß Helge. Er hatte einen schmalen Hals, der über der tiefen Einbuchtung sanft in kurzes blondes Haar überging. Es sah wunderschön aus. Sie schimmerten und wuchsen immer dichter nach oben hin, die Haare, und darüber thronte der Mecki wie eine Krone. Immer sah sie es vor sich und hatte große Lust daranzufassen, einfach an dem Kurzgeschorenen entlangfahren.

Sie beauftragte einen Boten. Für die Hälfte ihrer wöchentlichen Pausenbrote sollte er Helge eine Locke überbringen. Sie hatte sie mit Bindfaden verknotet. Als der Bote, er hieß Ludger, ihre Locke in die Lederhose steckte und losschlich, schlug ihr Herz ganz laut. Gebannt schaute sie den zwei wippenden Lederbändchen hinterher, wie sie Ludgers Kinderoberschenkel beschaukelten. Höher wagte sie den Kopf nicht zu heben. Ludger erreichte Helges Bank und dicht daneben blieb er stehen, als erwarte er hier ebenfalls eine Belohnung. Da passierte es: Helge nahm das kleine Bündel, besah es sich und fing an zu weinen. Er schluchzte!

Sie versank in ihrer Scham, im Entsetzen. Warum tat er das? Wusste er nicht, von wem die Locke war? Aber keine in der Klasse hatte so dicke, strohblonde Haare. Er musste doch gemerkt haben, dass sie immer in der Kirche saß, wenn er mit Messdienen dran war. Wie konnte er nur heulen. Ludger trottete zurück. Mit halbem Grinsen, aber es ähnelte einem Schmerz. Er würde all ihre Brote bekommen. Durch die Tränen wogten die Kastanienwipfel noch mehr.

Party

Die Party ist weit. Aber was zählt, sie ist eingeladen. Kein Kindergeburtstag. Sie wird es endlich spüren, das flirrende Alles, wovon sie träumt, das irgendwo da vorne liegt, schwebende Fata Morgana, wo ihr Bruder mit seinen Mädchen schon ist.

Matratzen sind da, Rotlicht, Whiskey-Cola und jemand am Plattenspieler. Es riecht klamm und nach gesalzenen Erdnüssen, an den Wänden hängen Che Guevara und Frank Zappa. Ein paar Mädchen kennt sie. Haben die länger überlegt, was sie anziehen sollen? Ihr Herz klopft ganz in Schwarz. Sie nimmt sich vor, nach dem zweiten Whiskey-Cola durch den Dunst zu gehen, den Schweiß der Jungen. Eine Menge sind gekommen. Im anderen Raum redet sie mit den Mädchen, die kichern dauernd. Sie wendet sich ab, hält viele Salzstangen, blättert die LPs durch. Den Blick hat sie schon bemerkt. Es ist einer aus der Oberstufe. Sie möchte nicht verlegen werden, aber sie fühlt es den Nacken emporsteigen. Wenn sie wieder zum Plattenspieler geht, muss er etwas unternehmen. Sie hat noch nicht erlebt, dass einer allein ihr hinterhergegangen ist, und sie wünscht sich, dass er sie anspricht, aber sie wünscht es sich auch nicht. Hase und Igel mag sie nicht spielen. Getränk nachschenken hilft.

– Tanzt du mit mir?

– Nee, nicht so was Langsames.

– O.k.

Er dreht sich um, spricht mit dem DJ, der schüttelt den Kopf.

– Wir brauchen ja keinen Klammerblues zu tanzen. Gleich legt er wieder Stones oder Hendrix auf.

– Ja gut.

Als er ihr gegenüber steht, ist er einen halben Meter gewachsen. Seine Stimme angenehm dunkel. Da berührt er sie ganz leicht an der Schulter, es riecht nach Kernseife. Er nimmt die Hand wieder weg und schiebt nun die Fingerspitzen wie Lotsen auf ihre Taille, wo er dann seine Hände hinlegt. Ganz warm wird es dort. Als sie den Bluesgriff auf seinen Schultern erwidert, rutscht ihre Bluse aus dem Rock. So erbt er ihre Haut, die sie jetzt ist. *Nights in white satin.* Seine Schritte, groß und ungewohnt. Manchmal streicht er ihr am Rücken hoch, genau in die kleine Furche, die der BH in die Haut gräbt.

Er heißt Richard und macht schon Abitur. Sie flunkert sich eine Klasse höher. Wie schwierig es ist mit jemandem zu tanzen, ab und zu knickt er in der Hüfte ein. Hoffentlich will jetzt niemand etwas Schnelles. Ihr Magen tut weh.

Dann stehen die Pärchen knutschend in den Ecken, er hat sie mit Whiskey versorgt und lehnt neben ihr an der Wand. Irgendwie ein Storch. Was wird er tun. Sie fährt sich durch die langen Haare. Und er, er legt den Arm um ihre Schultern. Sie wagt nicht mehr, sich zu rühren. Auch wenn der Körper steif wird. Worüber sollen sie jetzt reden. Sein Arm liegt scheinbar leicht auf ihrer Schulter, ist aber schwer. An seinem Ende, aus der baumelnden Hand, fühlt sie feuchtwarme Hitze. Man kann nebeneinander nicht reden. Es ist toll so. Es ist so toll.

Küssen sagen ihre Lippen, küssen denkt sie, küssen will ihr Bauch und äußert es heftig. Vielleicht wird er sie küssen. Überall auf den Matratzen tun sie es. Er möchte sie doch küssen. Nur nicht dran denken. Das hilft. Er küsst sie. Warm. Offen. Heiß.

Als sie erschöpft in ihrem Mädchenzimmer liegt, merkt sie, wie es nicht mehr zu ihr passt. Was hätte sie darum gegeben, länger auf der Party zu bleiben. Zum Abschied hat Richard sie in seine warmen Arme genommen und fest an sich gedrückt, sie spürte die Wölbung quer auf ihrem Bauch.

Gegen Morgen schläft sie voller Richards ein.

Zeitlos

Zur Schule fährt sie mit der Bahn. Morgens immer in Eile, dem 7.15 entgegengehetzt. So nimmt sie die erste Hürde. Dicht gedrängt steht sie in der Menge und wird leicht geschaukelt wie das Frühstück im Bauch. Fast schläft sie wieder ein.

Zurück ist das anders. Zurück gibt es viele Möglichkeiten, die sie sorgfältig abwägt. In der frühen Bahn sitzen die jungen Schüler – sie haben vier, fünf Stunden und werden pünktlich zu Hause erwartet. Die späteren Bahnen aber sind magisch. Im Anhänger, und nur da, stehen sie, die Jungens, in täglich gleichen Grüppchen, immer Krieg führend. Kopf ist der Schönste oder der Stärkste. Gut findet sie viele.

So nimmt sie über Jahre die Schülerbahn, besteigt sie mit wechselnden Gefühlen, wer wird mitfahren, und der

Kitzel der Entscheidung gleicht einem Glücksspiel. Dann kommt die letzte Klasse, und der Blick ist ein anderer geworden.

In dieser Zeit fällt ihr bei den *Kleinen* ein Junge auf. Zwölf wird er sein, höchstens dreizehn. Hübsch und schelmisch, sinnlich der Mund und oval die Nickelbrille. Seinen kurz geschorenen Kopf neigt er in Unschuld, doch es sind die Züge eines Teufelchens. Aufregende Mischung. Er gefällt ihr wirklich, und sie ist ergriffen. Zum ersten Mal gibt es eine Grenze, harsch spürt sie die Barriere der Zeit. Aber er wird doch älter ... und wenn sie dann Mitte zwanzig ist ... Ach, aber jetzt, jetzt sieht sie ihn täglich... Sein Bild gehört jeden Tag enger zu ihrem Inneren. Verlangen.

Mitten im Studium taucht er auf. Steht da. Sehr groß, herangewachsen, aber dasselbe junge Strahlen – ein geborener Verführer. Sie erkennen sich, ihre Blicke fliegen hin und her. Lächelnd die Augen. Nun sprechen sie miteinander. Über Männer und Frauen, und Literatur. Die Bahn bleibt unerwähnt. Einmal fragt sie, wo er wohnt. Er lacht und sagt: nicht mehr drei Haltestellen von dir entfernt. Er weiß also, hat sie gesehen, jedes Mal.

Wieder treffen sie sich täglich und lieben sich sehr.

Die Grenze ist weg. Sein Charme überwältigend. Sie lässt sich fallen. Alles ist unverbraucht, wird neu erschaffen. Glück über die Zeit. Das stärkt die Gefühle. Sie leben die Liebe, kosten sie aus.

Wie lange hält sie? Ein Jahr, zwei. Irgendwann schleicht es sich ein, wider alle Hoffnung.

Als sie ihn Arm in Arm mit einer anderen sieht, holt sie der Schmerz ein, ebenfalls grenzenlos. In kurzer Zeit geht es zu Ende. Er kommt nicht mehr, auch nicht auf ihr Bitten hin, will nicht mehr. Sie läuft herum wie von Sinnen, weint, isst nicht, noch Schlaf. Warum? Sie schlägt den Kopf gegen die Litfaßsäule.

Jahre später bekommt sie ein Kind. Als es da ist, reist er an und sieht ihren Sohn – so klein, so klein. Er macht ihr ein Geschenk. Unverändert leuchtet sein Charme.

Liebesfrau

– Willst du mitkommen?, fragte Alex.

Sie schaute ihn an. Spürte seine Erwartung, aber es war ein großer Schritt.

– Ein Jahr!, fügte er hinzu, beinahe beschwörend.

Er wusste nicht, was sie antworten würde, das sah sie.

– Wir können also die Wohnung von deinen Freunden haben?

Sie sprach langsam, obwohl sich in ihrem Kopf alles rasend schnell bewegte.

– Ja, die beiden sind einverstanden.

Von Gillian und Frank hatte er viel erzählt, war in London ihr Gast gewesen. London! Es reizte sie sehr. Mit ihm zusammen wohnen! Ihren Job könnte sie aufgeben.

– Kommst du mit? Er versuchte jedes Drängen aus seiner Stimme zu nehmen.

Tief Luft holend sagte sie: – Ja!

Schnell hatten sie sich kennen gelernt. Ihr Körperhunger war groß und das Vertrauen nachgewachsen. Dann bot man ihm die Stelle in London an. Natürlich sagte er zu, jeder hätte das getan. Ihre frische Liebe war geteilt durch das Meer, verletzlich wie ein nackter Bauch. Er wohnte in der britischen Metropole in einem muffigen Appartement mit künstlichem Kaminfeuer und sie weit weit weg in Deutschland. Wenn sie sich sahen, waren sie verliebt, leidenschaftlich, bis ihr oder sein Zug wieder abfuhr. Dann fiel jeder in den Alleinstand zurück. Sie konnte diese Wechsel ertragen, vertraute auf das nächste Wiedersehen. Nur die Sehnsucht blieb.

Sie würden zusammen wohnen, endlich als Paar das miteinander teilen, was Paare teilten. Keine schmalen Liebes-Rationen mehr an den Wochenenden – diese kurze Zeit wie in Atemnot angesteuerte Inseln, wo sie nur genießen wollten. Alltägliches hatte es nicht gegeben, weder am Tag noch in der Nacht. Kleine Trauminseln waren es und sie die Pendler der Liebe.

Die Wohnung gefiel ihr – leicht und offen. Sie war geräumig, die Böden aus Holz, und durch die Stores drang das eigenwillige Londoner Licht. Nur die Sitzgarnitur schien etwas groß geraten. Aber andere Wohnungen durften ruhig fremd wirken. Hier war es die riesige weiße Ledercouch, die protzig aussah. Sie passte nicht zu den beiden, die für ein Jahr nach Amerika gegangen waren. Frank hatte als Maler eine Gastprofessur in New York angenommen, während Gillian sein Künstlerdasein organisierte. Dafür hatte sie das Schauspielen aufgegeben. Sie fragte sich, ob sie so etwas für Alex täte, kam aber zu keinem Ergebnis.

Im privaten Raum anderer zu leben, war seltsam, eingetaucht in Gerüche und Stimmungen. In den Verstecken gesammelte Intimität. Es war seltsam wie Unterhosen-Verleihen, doch dafür gab es zwingende Gründe, wenigstens in ihrer Erinnerung: Die eigene Unterhose war nass geworden bei der Schlammpartie, ihre Freundin musste ihr eine leihen, ein Rippenhöschen mit engem Gummiband, das kaum über die schlecht abgetrockneten Oberschenkel ging. Der Gummi kniff. Wenn er nicht zu arg wird, kann ein unbekannter Schmerz interessant sein, anziehend wie das Fremde.

Sie hielt sich viel im neuen Zuhause auf, durchstromerte die Zimmer, genoss die andere Atmosphäre, die Ruhe. Ein großer Raum mit abgeschrägtem Glasdach diente als Atelier, es stand voller Bilder. Unter schwarzen Tüchern standen, leicht geneigt, die Leinwände nebeneinander und sahen aus wie Männer aus den Dreißiger Jahren, die darauf warteten, zum Leben erweckt zu werden. Wenn Alex im Büro war, ging sie manchmal zu den Männern und sprach leise mit ihnen. Ihr schräges Stehen sah so menschlich aus, hilfebedürftig. Gleichzeitig kam es ihr albern vor, wie früher das Spielen mit Puppen.

Neben der Ledercouch stand eine Bronzeskulptur auf dem Boden. Sie stellte nichts Eindeutiges dar, aber leuchtete matt und freundlich. Im Stillen hatte sie die Plastik *Patenonkel* getauft.

Sie lebten in einer anderen Sprache, die Alex perfekt beherrschte. Oft bildete er die Brücke zur Außenwelt, die mochte sie nicht immer nehmen. Sie sah sich Filme an, um das gesprochene Englisch zu hören, die Bilder halfen. Oder Alex kam mit ins Kino; nach den double- und triple-features in entlegenen Kinos joggten sie tief in der Nacht quer durch die Stadt nach Hause. Aus dem ein oder anderen Club wankten kleine Gruppen von Männern. Frauen waren selten. Tagsüber lief sie alleine durch diese Stadt voller bunter Gestalten, denen niemand hinterher schaute. Die schlanken Engländer waren korrekt gekleidet und konnten ihre *Times* in der U-Bahn auf Handtellergröße falten. Am Wochenende gingen sie manchmal auf den Flohmarkt, wo die Kids in *steelbands* spielten. Und im Pub tranken sie Sherry, bis der Mann hinter der Theke *last orders, please* rief und um dreiundzwanzig Uhr die Leute rausschmiss. Die meisten kamen aus dem Viertel. Auf die Straße geschwemmt, fühlten sie sich, als lebten sie schon lange in London.

Ihre gemeinsamen Nächte glänzten. Sie schliefen miteinander, waren erleichtert, dass der nächste Morgen keinen

Abschied brachte, der als kratzende Wolldecke über ihnen gelegen hätte. Gelassen war ihr Liebesleben gut. Wirkte er zerstreut oder sie kam nicht, hatte das nichts zu bedeuten. Im Bett liegend streichelten sie sich, er erzählte von seiner Arbeit, den Kollegen, die sie zum Essen einluden und ihr dabei dezent den Hof machten, ganz Gentlemen. Er redete von den typisch englischen Dingen, auch Belangloses. Und sie mochte es, sich von diesem plätschernden Gewässer tragen zu lassen, bis in den Schlaf. Wenn er früh los musste, winkte sie ihm im Seidenhemd auf dem Balkon stehend – nie sah sie Engländerinnen ihren Männern hinterher winken.

Obwohl Frank angedeutet hatte, das Atelier wenig zu betreten, zog es sie immer wieder dorthin. Sie wollte sich die Männer anschauen, hob sie aus ihrer Neigung, um sie, einen nach dem anderen, zu betrachten. Die Bilder waren unterschiedlich, manche eher abstrakt, die meisten hatten gegenständliche Motive in kräftigen Erdfarben. Ein Bild zeigte einen Mann im Halbprofil lässig vor einer nackten Frau stehend, die ziemlich aufreizend, mit leicht gespreizten Schenkeln auf der Couch lag und ziemlich deutlich Gillians Züge trug. Erstaunlich, wie Frank es fertig gebracht hatte, ihren lüsternen Gesichtsausdruck auf die Leinwand zu zaubern. Das Bild hieß *Customer*. Im Lexikon stand *Kunde, Käufer* auch *Bursche* oder *Kerl*.

Sie ließ ihr Höschen auf dem Boden liegen und wünschte sich, er würde es aufgreifen, würde seine Nase hineinstecken, genüsslich daran riechen. Aber das tat er nicht. Für Alex gab es hinter den Dingen keine Bedeutungen. Ein Slip auf dem Teppich war ein Slip auf dem Teppich, bestenfalls warf er ihn in den Wäschekorb, den sie nach anfänglichem Zögern nun doch benutzten. Einmal sagte er, dass er nachts die Farbe des Sofas gar nicht sehen könne. Und sie dachte, es geht doch nicht um die Beschaffenheit, und ihr kam dieser Satz *Nachts sind alle Katzen grau* in den Sinn. Als Kind hatte sie ihn nie verstanden.

Warm war es und Alex geschäftlich unterwegs, in Edinburgh. Sie wollte sich pflegen, E-Mails schreiben und ein paar Briefe. Am Wochenende würde er zurück sein. Sie könnten ausgiebig frühstücken inmitten von Sonntagszeitungen und sich darum balgen, wer die Beilage des *Observers* zuerst lesen durfte.

Sie aß einen Apfel und betrachtete Gillians laszive Haltung auf dem Gemälde, als das Telefon klingelte. Es war üblich, sich mit der Nummer zu melden, sie sagte aber *hello*. Stille.

– Wer ist denn da?

Keine Antwort.

Nach dem zweiten Hallo legte sie auf.

Sie war unruhig. Sie kochte Tee, setzte sich auf das Sofa, trank ihn ohne Milch, blätterte in einer von Franks Kunstzeitschriften. Doch ihre Gedanken streunten herum. Abwesend griff sie zum nächsten Heft, es ging um Aktmalerei. Die meisten Maler hatten zu ihren Modellen ein Verhältnis. Von einigen berühmten waren Akt-Fotos abgebildet.

Wieder ging das Telefon. Vielleicht war es Alex. Nach einem Zögern nahm sie ab. Auch am anderen Ende hörte sie eine Denkpause. Dann sagte jemand freundlich:

– Ich bin Robert.

– Guten Tag.

– Ist Gillian nicht da?

– Nein, sie ist verreist.

– Aha. Sind Sie eine Freundin?

– Ja, aber Gillian ist für länger weg. Wir wohnen jetzt hier ...

– Ach, ihr seid zu mehreren, wie schön.

Er lachte.

– Wieso denn?

– Weil ich mal vorbeischauen könnte.

– Aber wir kennen uns doch gar nicht!

– Na, das können wir ja dann ...

Das letzte Wort hatte sie nicht verstanden und sagte es.

– Nicht schlimm, meinte er. Ich erklär's Ihnen. Sind Sie Deutsche?

– Ja.

– Dann sind Sie wahrscheinlich blond.

– Nein, wieso?

– Nur so. Gillian ist braun. Ich fände es charmant, wenn Sie eine andere Haarfarbe hätten.

Vielleicht ist es ein Kollege von Frank, dachte sie plötzlich, und Gillian hat ihm ebenfalls Modell gesessen.

– Warum interessiert Sie denn die Haarfarbe?

– Weil sie die Frauen so unterschiedlich macht, die Farbe.

– Aha.

Modellsitzen, wäre gar nicht so übel. Zeit hatte sie doch.

– Sind sie ein Kollege von Frank?

– Ja, in gewisser Weise ... Aber Sie sind bestimmt nicht rothaarig!

– Doch!

– Oh, wunderbar! Ich mag Rothaarige. Können wir uns nicht mal treffen? Nächste Woche vielleicht?

– Ich weiß nicht so recht.

– Denken Sie mal drüber nach, ich melde mich wieder. O.k.?

– Ja, mal sehen.

Der Tee war noch warm. Sie grub sich tief ins Ledersofa und nahm kleine Schlucke, lauwarm tat gut bei Hitze. Für einen Engländer schien er ziemlich vorwitzig. Seine

Stimme war sympathisch, aber das hieß nichts. Warum hatte sie nicht einfach gefragt, was er wollte. War es je vorgekommen, dass Alex sich um ihre Haarfarbe gekümmert hatte oder darum, ob ihr etwas stand? Nackt mochte er sie am liebsten, aber nicht immer kleidet das. Sie griff nach der Kunstzeitschrift, blätterte bis zu den Fotos von den Aktmodellen und begann genüsslich mit der Handarbeit. Ewig hatte sie sich dieses Vergnügen nicht mehr gegönnt, so schlicht und befriedigend. Tat richtig gut. Wenn Alex jetzt käme, könnte sie ihn mit offener Mitte empfangen. Aber Liebe am Nachmittag war eine Seltenheit. Das Sofa wurde ihr Stammplatz, der Patenonkel blieb ungerührt.

Sie hatte für ihn gekocht, Indisch. In jedem Supermarkt bekam man gute exotische Lebensmittel und Gewürze. Englands koloniale Vergangenheit bereicherte ihren Speiseplan. Alex war erschöpft aus Edinburgh zurückgekommen und einsilbig. Als sie von dem Telefonat erzählen wollte, bemerkte sie seine Müdigkeit. Sie sagte nichts. Dann ging er zu Bett. Sie wollte noch fernsehen, setzte sich mit einem Sherry auf das Sofa. *Belle du jour* fing gerade an. Catherine Deneuve wirkte ein wenig steif, aber sie mochte den Film.

Am Sonntag wollte Alex gerne in einen Park gehen. Sie liefen barfuß über den gepflegten Rasen, der so kurz und weich war, dass es unter den Füßen kitzelte. Als die Hitze drückend wurde, legten sie sich in den Schatten der Kastanien. Alex las Zeitung. Blinzelnd beobachtete sie die Leute, und bei einem Mann dachte sie plötzlich, vielleicht sieht so dieser Robert aus. Erstaunt hing sie dem Gedanken nach.

Mittwoch klingelte es. Sofort wusste sie, wer es war. Und sie wusste auch, dass sie ihm öffnen würde. Sie trug ihr altes kurzes Baumwollkleid, hatte aber frisch rasierte Beine und sich immer gewünscht, einen fremden Mann in der Tür stehen zu haben. Jetzt war es so weit und aufregend.

Er stand da, war älter als seine Stimme. Mittelgroß, nicht dünn, hatte schwarze Haare und sah aus, als ob er die Dinge mit Humor nähme.

– Sie haben auf mich gewartet?

– Das nicht gerade. Aber überrascht bin ich auch nicht.

– Darf ich reinkommen?

– Ja, natürlich.

Seinem petrolfarbenen Hemd hatte er die Ärmel hochgekrempelt. Es war nicht unbedingt üblich, sich die Hand zu geben. Er wirkte beweglich und irgendetwas an ihm kam ihr vertraut vor.

– Sie haben mir am Telefon gar nicht Ihren Namen verraten.

– Ich heiße Anna.

– Karenina?

Er grinste.

– Aber die war ja nicht rothaarig!, fügte er hinzu.

– Stimmt!

– Durften Rothaarige bei Hitler überhaupt frei rumlaufen? Es ist doch naturrot, oder?

Sie sah ihm schnell ins Gesicht. Verstand dann.

– Na ja, meine Mutter hatte wenigstens keine Schwierigkeiten, sie war noch zu klein. Aber als Hexen sind wir schon mal gerne verbrannt worden.

– Jedenfalls mag ich rote Haare, lieber als grüne, wie es hier Mode ist.

Es entstand eine Pause. Sie würde eine Grenze überschreiten, wenn sie ihm jetzt etwas anbot, das spürte sie. Gastfreundschaft war auf einmal intim.

– Möchten Sie etwas trinken?

– Ja, gerne.

Tee mochte sie einem Engländer nicht anbieten. Als sie mit dem Espresso aus der Küche kam, stand er vor dem Bücherregal, einen Arm in die Seite gestützt. Da sah sie, was ihr bekannt vorkam, er ähnelte dem Mann auf Franks Bild, dem Kunden. Sehr sogar! Sie stellte die Tassen auf den Couchtisch. Zucker wollte er nicht. Er hatte gepflegte Hände, rechts die Nagellänge eines Gitarrenspielers, nur am Mittelfinger waren sie kurz.

– Sind Sie gut mit Gillian befreundet?

– Ja. Ich habe sie auf der Bühne gesehen. Ganz schön wild war sie, das hat mir gefallen. Nach dem Stück waren wir zusammen im Pub. Und dann, dann haben wir uns häufiger getroffen …

Für einen Moment glitten seine Augen über ihr hochgerutschtes Kleid, das Leder kühlte bis hinauf zu den Schenkeln. Eine Spur von Abschätzung lag in dem Blick, keine moralische, ein Tier, das eine Entfernung bemisst. Seine Anwesenheit war so spürbar, sie veränderte den Raum vollständig.

– Sie wussten also, dass Gillian gar nicht in London ist?

– Ja natürlich. Aber das war Ihnen doch klar, oder?

Das englische *You* sagt wenig aus über Nähe. Sie war nicht sicher, ob sie schon zum *You* übergegangen waren, aber der Abstand hatte sich verringert. Sie fühlte, wie er ihr gegenüber saß, wie verfügbar sie wurde. Und dass sie keiner festen Arbeit nachging. Sie trank den letzten Schluck Kaffee, bittersüß.

– Ich will dich ficken!

Er sagte es ganz ruhig, mit gleichmäßiger Stimme.

– Und ich möchte dich dafür bezahlen!

Er kam jeden Mittwoch, war direkt und charmant. Seine erfahrene Art verlieh den Begegnungen Würde. Das Geld schob er mit einem Lächeln unter den Patenonkel, den er dafür etwas anheben musste. Bald merkte sie, wie sehr sie nach dem Mittwoch gierte.

Sie beschloss, das Geheimnis zu hüten, und wartete auf ihr schlechtes Gewissen. Doch es war still. Alex begreiflich zu machen, warum sie es tat, erschien ihr aussichtslos. Es würde ihn nur verletzen. Was sie mittwochs mit Robert tat, war ein Geheimnis, auch für sie. Darin bestand der Reiz.

Als Alex das erste Mal nach Hause kam, raste ihr Herz. Sie begrüßten sich – um den anderen zu riechen, war sein Geruchssinn zu wenig ausgeprägt. Doch all die vertrauten Gesten. Sie betrachtete ihn, ein schöner Mann, groß, etwas schlaksig, mit sensiblem Gesicht und lebhaften Augen. Auf einmal war die prickelnde Atmosphäre des Anfangs wieder da, das Zittern, die Freude, die helle Aufregung, sein Lächeln. Er habe einen guten Tag gehabt, meinte er, und würde gerne etwas mit ihr unternehmen. Später und angeheitert begehrte er sie. Selten hatte sie seine Hingabe so genossen.

Robert roch. Männlich, streng. Sie konnte sich gar nicht satt riechen an ihm. Seine dunkel behaarte Brust hatte etwas Beherrschendes. Er bestimmte, von Anfang an. Und es gefiel ihr. Einmal hatten sie zufällig das Bild nachgestellt: Er mit der Hand auf der Hüfte und bekleidet, den Blick auf ihre gespreizten Schenkel gerichtet; sie nackt auf dem weißen Sofa, von dem sich die beiden unverschämten Rottöne ihres Geschlechts abhoben. Natürlich war Robert der Mann auf dem Bild. Und sie ahnte, dass die Szene mehr als ein Modell gewesen war.

– Hat er euch damals zusammen gemalt?
– Ja.
– Und wie war das? Fandest du das nicht erregend.

– Ja, klar, aber genau das wollte Frank, die Spannung zwischen uns sichtbar machen. Für Gillian war es nicht so leicht. Du siehst scharf aus!

– Oh, danke.

Er nahm sie, spielerisch. Dabei erzählte er, wie Frank sie erwischt hatte, an einem Mittwoch, als seine Malereiklasse ausgefallen war, an der Akademie. Genau auf diesem Sofa hatten sie es getrieben, er habe sie gerade von hinten genommen, was Gillian besonders mochte. Sie sei ziemlich aufgelöst gewesen, aber Frank ruhig. Er wollte das malen: Ein Mann, der zu einer Frau kommt, um Spaß zu haben, sie aber dafür bezahlt.

– Und so mussten wir ihm Modell stehen. Es war eine richtige Genugtuung für ihn, glaube ich.

Robert war beschnitten. Mit seinen gleichmäßigen Bewegungen hatte er innegehalten, und sie überlegte, wie Alex reagieren würde. Vermutlich wütend. Wut, starke Gefühle überhaupt waren selten bei ihm. Die Vorstellung, er käme jetzt herein, erregte sie. Lustvoll zeigte sie es ihrem gutriechenden Kunden.

– Du bist auch so ein kleines Luder!

Es spielte sich ein. Auch mit Alex. Er schien aufmerksamer als sonst, reagierte auf ihre gute Laune. Es war ein riskantes Spiel. Sie versuchte aufzupassen, ließ keine Höschen rumliegen, entsorgte die Kondome, verriegelte immer die Tür, wenn Robert da war, und wenn er gegangen war, lüftete sie. Trotzdem vergaß sie einmal das Geld unter der Skulptur. Alex fand es – sie errötete, als sie die Pfundnoten einsteckte. An dem Abend verführte er sie nicht, er tat es einfach mit ihr, heftig und ernst. Ungewohnt war es, das Fremde daran mochte sie aber. Seine Zärtlichkeiten danach wirkten wie etwas, das man Kindern zuliebe macht. Ihr gefiel die männliche Geste, gebieterisch, sie liebte es, der unterschiedlichen Art beider zu entsprechen, oft am selben Tag, noch frisch der Eindruck des anderen, den sie hütete. Keinem erzählte sie davon, sie trug die Männer in sich.

Im Herbst schrieb Gillian, fragte, ob sie sich eingelebt hätte und was sie so treibe. Der Brief überraschte sie. Dass sie ihren Mittwoch übernommen hatte, diese pikante Erbschaft, erwähnte sie in der Antwort nicht.

Robert war längere Zeit unterwegs, auf irgendeiner Reise.

– Vergiss mich nicht, hatte er gesagt. Und ob er seinem Neffen ihre Nummer geben dürfte?

– Vielleicht mag er mich mal vertreten.

– Nein!

Sie war entschieden dagegen.

Schade, sagte Robert, er hätte dem Jungen gerne etwas Gutes gegönnt. Er sei ein netter Kerl.

Sie unternahm viel. Gab genüsslich ihr Geld aus. Sie kaufte sich ein grünes Kleid mit weiten Ärmeln und Schuhe. Ausstellungen besuchte sie, ließ sich manchmal in den großen Sälen nieder und zeichnete. Früher hatte sie gemalt. Schon viel zu lange war sie nicht mehr in Franks Atelier gewesen. Sie wollte das Couch-Bild wieder sehen. Es wirkte ganz anders, jetzt. Gillian, Robert und Frank. Neue Rollen in einem neuen Stück. Erregend. Eines der Bilder hatte sie noch nie gesehen, ein Mann mit blauem Bart war darauf zu erkennen, der schmunzelte, unheimlich. Er machte ihr Angst. Robert war auf dem Meer. Sie vermisste seine Bestimmtheit, den warmen Griff, auch den harten. Ihr Schoß war hohl. Alex konnte daran nichts ändern oder lindern. Fröstelnd stand sie im Atelier und sehnte sich nach Roberts Glut. Wie sein Neffe wohl war …

Er war jung.

Er war schüchtern.

Und ganz begierig, zu lernen.

Aufmerksam saugte er jede Regung, deutete Gesten und Gerüche. Hörte ihr Herz klopfen, wärmte ihren Arsch. Alles hatte mit der Liebe zu tun, jede Falte, jeder Blick, jeder Ton. Sein junger, dunkler Körper war bereit und gut gelaunt.

Er lernte zu nehmen, behutsam. Er wartete auf sie und weinte, wenn sie kam. Bei seinem Orgasmus stieß er wilde Schreie aus, es klang wie die Befreiung aus der Sklaverei.

Er hieß Will und roch gut, auch er.

Aber es war noch mehr.

Die Mittwochs reichten nicht. Ein Nachmittag, selbst wenn er früh begann, kam so schnell an die Grenze. Seit Robert von seiner Reise zurück war, behandelte er sie anders. Er hatte sich amüsiert von den Erfolgen seines Neffen erzählen lassen und darauf bestanden, Dinge nachzustellen. Lächelnd schlug er vor, sie einmal im Monat dem Jungen zu gönnen, wollte es auch bezahlen, um anschließend nachzuspielen, was ihm besonders gefiel. Aber so funktionierte es nicht.

Wenn sie mit Will zusammen war, dieses kleine Mal im Monat, tat sich etwas auf. Will war weich, er begriff sie als Frau und nahm es als Geschenk. Und das war sein großes Geschenk an sie. Die Liebe steigerte sich bei jeder Begegnung, jedes Mal gab es noch mehr als Verführung, mehr als wilden Genuss. Die betörenden Klänge über der Musik. Sie folgten dem Klang der eigenen Stimme, der gemeinsamen, und Will ließ sich intuitiv von ihrer Weiblichkeit tragen, nach vorne, ins Helle. Und das bedeutete, ihn häufiger zu sehen.

Robert hatte die Liebe hinter sich. Sein Spiel war amüsant, aber es fehlte an Dimension. Er war ein Mann, mit Kinn und Handgelenken, er war ihr Kunde. Sie schätzte sein eindeutiges Nehmen und Besitzen, wofür er zahlte. Er hatte die Schaukel angeschubst, auf der sie mit Alex saß. Und sie brauchte Schwung. Robert bot ihr die Eleganz männlicher Erfahrung, kühn und fremd, doch die vermisste sie nun.

Manchmal war er roh, jetzt. Beim lüsternen Schmerz – nur leicht mit dem Gürtelende – hatte sie immer gespürt, dass er aufhören würde, sobald sie es wollte. Und wenn sie besonders heiß aufeinander waren, erregte sie diese Gratwanderung, spielerisch oder wirklicher Schmerz. Mit Alex hätte sie das nicht erleben können.

Es ist ein Mittwoch nach Will. Robert nimmt sie hart. Während er ihr auf den Hintern schlägt, schnell und schneller, fragt er, was sie diesmal getrieben hätten. Er will es wissen, sagt wütend der Rhythmus seiner Hand. Es tut weh, ist weit entfernt von Genuss. Aber sie kann nichts preisgeben. Die Lust mit ihrem jungen Liebhaber, den sie jetzt öfter trifft, lebt nur mit ihm, gehört ihnen allein. Wills Zärtlichkeit und Hingabe. Wills Geschenk. Durch die brennenden Schläge fühlt sie nur Will, den Wunsch, ihn zu sehen, ihn zu spüren, nur noch Will. Robert kann ihn nicht aus ihr herausprügeln.

– Mein süßes Luder. Du wirst ja ganz eng. Macht dich das scharf?

Nein, scharf fühlt sich anders an. Sie begehrt ihn nicht mehr. Ihre Lust, hoch hinaus zu schaukeln, hat sie verlassen. Es ist vorbei, sie wünscht sich den Abschied, und dies ist der Abschied.

Er stöhnt.

– Weißt du was? Ich glaube, du könntest gut zwei Männer vertragen! Wo du's eh schon mit Will treibst, werden
wir dich demnächst einfach gemeinsam vernaschen.

Sie antwortet nicht, bewegt sich, still. Sie treibt ihn, bis er
kommt. Dann ist er erschöpft. Schläft ein. Seine Hand
ruht schlaff neben dem Patenonkel.

Rote Haare liegen auf dem hellen Leder, sie streicht sie
langsam zusammen. Gelöst sitzt sie da, das Sofa im Rücken.
   Sie wird sich eine andere Wohnung suchen.

Eine Wette

Von diesem Tag an gab es in seinem Zimmer ein
verlockendes, geheimnisvolles Spielzeug, mit dem
er noch nicht umgehen konnte.
Nabokov, Lushins Verteidigung

Sie fanden ihn zusammengesunken und an den Händen
verkohlt, ein Häufchen Elend, wäre er nicht schon tot gewesen. Er lag fast genau in der Mitte seiner Werkstatt,
einem ehemaligen Gewächshaus, in dem es aussah, als
habe man einen Sprengsatz in ein überdimensionales
Elektronengehirn aus den Sechziger Jahren geworfen.
Spaziergänger hatten ihn kurz nach seinem überraschen-
den Tod gefunden. Überall auf dem Boden lagen Dach-
scherben und kleine Metallgehäuse herum. Durch die zer-
splitterten Scheiben schien Sonne. Ein Schaulustiger trat
auf eine Schachfigur, ohne in der Aufregung und dem
Durcheinander zu bemerken, um welche es sich handelte.
Dann war jemand geistesgegenwärtig genug, einen Arzt
zu rufen, man konnte ja nie wissen, doch der stellte nur
den Tod fest und überließ die Arbeit seiner Mannschaft,
die sich mit der Bahre einen Weg durch die Saat elektro-
nischer Einzelteile bahnte. Ein junges Mädchen hielt sich
bei dem entstehenden Knirschen die Ohren zu.
   Später wurde die Frau des Verunglückten benachrich-
tigt. Sie schien jünger als der Tote, kaum vierzig. Fassungslos starrte sie auf die leicht zu identifizierende Lei-
che. Stumm war ihr Blick.
   Niemand wusste, was wirklich geschehen war.

Nelly aß in der Küche. Sie benutzte das einfache Geschirr. Die Organisation der Beerdigung hatte sie automatisch, wie unter Hypnose bewältigt, aber jetzt verfiel sie der großen Traueranstrengung. Ich werde seine Anzüge verkaufen, dachte sie widerstandslos und versorgte die Blumen. Nicht mal ein Testament hatte Tom hinterlassen, nichts. Die behelfsmäßige Werkstatt war vom Ordnungsamt geschlossen worden. Ob sie Anzeige erstatten wolle, hatte sie der Polizeibeamte gefragt. Nein! Für Nelly war es ein natürlicher Tod.

Als Leute für Uhrenreparaturen anriefen, musste Nelly bedauern, ihr Mann nähme keine Aufträge mehr an. Zwei Sektenvertretern und Beileidsbesuchern wies sie die Tür, nur als die Putzfrau kam, war sie gezwungen, ihr selbst zu erzählen, was vorgefallen war. Wie das denn um Gottes Willen passiert sei? Ein Arbeitsunfall, fragte diese entgeistert. Aber ihr Mann habe doch seinen Beruf aufgegeben. Und außerdem sei er doch Lehrer gewesen.

– Trotzdem, es war ein Arbeitsunfall, sagte Nelly, die sich mit dieser Version am besten zurechtfand. Die Putzfrau, sie war mit einem Türken verheiratet, nickte verständnisvoll, als Nelly ihr fürs Erste kündigen musste.

– Lass man gut sein, Frau Kemper, ich komm Ihnen auch mal so helfen.

Nelly lächelte gefasst. Sie spürte, dass ihre Verwirrung nicht nachließ.

Abends dachte sie an Tom. Er war immer ein Langschläfer gewesen. Seine morgendliche Verbundenheit mit dem Bett hatte er ausdehnen können, bis der letzte Wärmefleck um den Bauch herum aus der zerschlafenen Bettdecke wich. Nichts weckte ihn auf. Nicht einmal Kaffeegeruch. Nelly hatte ihn gewöhnlich zweimal gekocht, in der Hoffnung, dass Menschen sich ändern. Oft hatte sie überlegt, wie sie den Kaffeeduft, vielleicht durch ein Rohrsystem, direkt an seine schlafende Nase bringen könnte. Was ihn morgens ans Bett fesselte, hatte sie nicht verstanden.

Ganz plötzlich dann, war Tom aus seiner morgendlichen Weltabstinenz aufgewacht. Nelly wusste, was sie in vielen Jahren nicht geschafft hatte, konnte an einem schneelosen Wintermorgen nicht auf einmal erreicht sein und hatte vom Triumphefeiern noch abgesehen. Der Morgen war durcheinander geraten, und die auf Toms Schlafgewohnheiten abgestimmten Beschäftigungen hatten ihren Sinn verloren. Nutzlos, wie ihre Schalldämpfer-Konstruktion für den Staubsauger, den sie mit Draht und den Eierkartons des bezirzten Milchmanns gebastelt hatte. Die Vorrichtung hatte einmal zu einem heftigen Kurzschluss geführt, sie hatte Tom wecken müssen. Nun benutze sie den Schalldämpfer wieder als Eierkarton.

Tom war einfach aufgestanden. Nelly hatte es nicht einmal bemerkt, sie war gerade im Garten, wo sie zwei Hühner hielt, die sich weigerten, die Eier am vorgesehenen Platz zu legen, sodass sie oft unter Grasbüscheln auf das trat, was sie suchte. Als sie zurückkam, traf sie Tom ausgeschlafen auf den Beinen an, und es kostete Mühe, die Frage nach dem Grund herunterzuschlucken. Für Einsilbigkeit war Tom bekannt gewesen. Im Morgenrock, aber bereits rasiert, hatte er die Küche betreten, wo der warm gehaltene Kaffee stand. Er hatte die Marmeladen angeschaut und *Guten Morgen* gesagt und sich so benommen, als geschähe das immer um diese Zeit. Auch die erstaunte Pause, die Nelly machte, bevor sie seinen Gruß erwiderte, schien ihm nicht zu widersprechen. Dieser Morgen lag lange zurück.

Danach hatte sich Tom nur noch selten zu Hause sehen lassen. Nach sechzehn Ehejahren stellte das für Nelly eine Neuheit dar. Von seinen ausgedehnten Spaziergängen war er immer bester Laune zurückgekehrt, um sich abends an den Schreibtisch zu setzen. Ab und zu traf er einen ehemaligen Schüler, einen Halbchinesen, der sein Geld als Briefträger verdiente. Er interessierte sich für Elektronik und war voller Bewunderung für Tom. Stundenlang saßen die beiden über Dingen, von denen sie wenig verstand. Manchmal war Nelly dieses Bündnis unheimlich – sie spürte, der Junge hätte alles für Tom getan – und sie verließ nervös das Haus. Jetzt schien es ihr verspielte Männerzeit.

Ein ehemaliger Kollege von Tom bot Nelly seine Hilfe bei den Versicherungsfragen an. Dankbar ging sie mit dem Mathematiklehrer zur Versicherungsgesellschaft, wo jeder in einem Großraumbüro abgefertigt wurde. Vor ihnen saß ein Mann mit verstümmelten Ohren, der aufgeregt mit dem Angestellten sprach.

– Aber bitte, ich bin seit Jahren Brillenträger und Sie müssen mir die Kontaktlinsen bezahlen, flehte der ohrenlose Mann.

– Die Bestimmungen unserer Gesellschaft sehen die Bezahlung von Kontaktlinsen nur dann vor, wenn dazu eine berufliche Notwendigkeit besteht, leierte der Angestellte.

Wenn er das nachweisen könne, dann sähe die Sache anders aus. Im Übrigen könne er doch einen Zwicker tragen, das hätten früher schließlich alle getan. Toms ehemaliger Arbeitskollege sah auf den Angestellten und beugte sich zu Nelly, bei diesem Schnösel bekäme er Toms Tod wohl kaum als Arbeitsunfall durch. Nelly sah ihn ratlos an.

Später gingen sie zusammen Tee trinken. Sie fragte ihn, ob er Tom gut gekannt habe.

– Eigentlich nicht, meinte der etwas scheue, aber freundliche Kollege.

Er hieß Ewald Läufer.

Dann fiel ihm plötzlich ein, dass Tom ein ausgezeichneter Kenner des Sternenhimmels gewesen sei, aber damit erzähle er ihr ja nichts Neues, nur ihn habe es eben damals überrascht.

Nelly überraschte es jetzt, und ihre Beklommenheit wich einem unaufhaltsamen Taumel, mit dem sie in Ewald Läufer drang, ihr alles, alles zu erzählen, was ihm zu Tom einfiel. Es war nicht viel, was sie erfuhr.

Am selben Abend stellte sich Nelly in den Garten und beobachtete die Sterne. Sie konnte nichts Auffälliges feststellen. Als ihr schwindelig wurde, bemerkte sie, wie verspannt ihre durchfrorenen Glieder waren. Sie ging ins Haus und nahm ein heißes Bad.

Bei Toms Unterlagen hatte sie seitenlang stenografiertes Material gefunden und brachte es zu Magret, einer Freundin mit drei Kindern. Nelly war auf Toms Wunsch kinderlos geblieben, was sie jetzt, in dieser Endgültigkeit, bedrückte. Er ertrüge den Anblick schwangerer Frauen nicht, hatte Tom argumentiert. Auch in den gefährlichen Nächten, in denen er auf seinem ehelichen Recht bestanden hatte, war sie nicht schwanger geworden. Magret hatte Nelly um die Haltung ihres verstorbenen Mannes beneidet. Als Nelly bei ihr klingelte, empfing sie plärrend der Jüngste, seine hölzerne Ente im Schlepptau, und hörte erst auf zu weinen, als die Frauen über Tom redeten.

Es seien Vorlesungsmitschriften aus der Anatomie, erklärte ihr Magret, die bis zur Geburt des ersten Kindes Sekretärin ihres Mannes gewesen war.

– Du willst mir doch nicht erzählen, dass Tom damals seinen Beruf an den Nagel gehängt hat, um Medizin zu studieren, sagte Magret. Seit dem Unglück versuchte sie, Nelly mit dem Gedanken vertraut zu machen, dass Tom eine andere Frau gehabt haben könnte. Nelly schloss das entschieden aus. Ihr fiel die Sportlerin ein, die Tom beim

Joggen kennen gelernt hatte, aber er war nicht richtig in sie verliebt gewesen. Sie hatte so wenig Zeit, weil sie darauf versessen war, in die Olympiamannschaft aufgenommen zu werden. Als es dann so weit war, hatte Nelly heimlich die Sportnachrichten verfolgt. Der Name war nicht aufgetaucht.

Es vergingen Wochen. Die Situation verlor allmählich ihre Bedrohung. Das Alleinsein, die Größe und Stille der Räume nachts machten Nelly weniger Angst. Toms Lieblingsplatten hatte sie Ewald Läufer geschenkt, damit sie nicht in Versuchung kam, sie anzuhören. Ewald Läufer spielte sie seiner neuen Geliebten vor, der sie gut gefielen.

Nelly hatte alles Notwendige erledigt, die ausstehenden Rechnungen bezahlt, Kondolenzbriefe aufgehoben und die lästigen Frager beschwichtigt. Wie und warum Tom ums Leben kam, wagte sie nicht weiter nachzuforschen. Die widersprüchlichen Informationen verzehrten ihre Kräfte und rissen den alten Schrecken wieder auf. Sie wollte nur noch in Ruhe gelassen werden.

Dann erhielt sie den Anruf einer Frau, die sich als Nelly Kemper ausgab.

– WER ist da?, fragte Nelly beunruhigt.

– Hier spricht Nelly Kemper, sagte die Unbekannte. Ihre Stimme klang wie ein automatischer Anrufbeantworter, sie verwischte die H-Laute mit dem Rest der Wörter.

– Ich habe Ihnen etwas von Tom mitzuteilen, fuhr die Person fort, ohne Nellys Reaktion abzuwarten, – es betrifft sein Testament!

– Wer sind Sie denn überhaupt!

Nelly war mehr als irritiert und schaute vom Aschenbecher zur Wanduhr, um ihre Nerven zu überprüfen.

Etwas stockend fuhr die Frau fort:

– Ich bin ... wie soll ich sagen ... Ich bin die Tochter

von Tom. Und ich weiß, dass Sie von mir nichts wissen. Sie machte eine kurze Pause und sagte leiser, was noch merkwürdiger klang:

– Hören Sie. Tom hat mir beigebracht, dass Menschen kein Geheimnis haben. Das ist seine Botschaft.

Dann war nur noch der Klick des Einhängens zu hören.

Nelly II hatte von einer öffentlichen Zelle telefoniert und ging langsam in dieselbe Richtung, aus der sie gekommen war. Nach wenigen Metern verschwand sie in einem villenähnlichen Haus, das sie mit Schlüssel betrat.

– Wo warst du?, fragte Della Torre wütend, als sie eintrat.

– Wo soll ich gewesen sein, meinte sie, – ein bisschen an der frischen Luft.

Sie hatte gelernt, vorsichtig mit Della Torre umzugehen, er konnte sein südländisches Temperament nicht beherrschen.

– Frische Luft, äffte er sie nach mit säuerlichem Grinsen.

Nelly II setzte sich gefällig auf das Ledersofa, um ihn versöhnlich zu stimmen. Della Torre sah sie bitter an. Dann legte er plötzlich los:

– Schau mich bloß nicht immer so an. Du weißt genau, dass man mir nichts anhaben kann. Dich sollte man verantwortlich machen. Du bist doch die Einzige, die weiß, was passiert ist.

Nelly II lächelte.

– Komm, setz dich zu mir, sagte sie und schlug die Beine übereinander.

Della Torre war nicht zum Flirten aufgelegt.

– Tom war ein Irrer, und du bist genauso wahnsinnig, nur in einer hübscheren Verpackung. Er goss sich mit nervösen Bewegungen einen Cognac ein.

– Reg dich nicht auf, sagte sie sanft, außerdem warst du es doch, der mich unbedingt wollte.

– Ja, und verdammt teuer habe ich dafür bezahlt. Und jetzt auch noch die Scherereien mit dem toten Irren am Hals. Er rollte das r.

Nelly überlegte einen Augenblick, ob sie die Beleidigte spielen sollte, weil er so über Tom sprach, entschied aber, darüber hinwegzugehen. Wenig später erlag Della Torre mit dem Glas in der Hand ihren Verführungskünsten.

Er war Roulettekönig, und es gab Spielbanken, in denen er Hausverbot hatte. Nach seinem letzten, großen Gewinn hatte er dieses wunderbare Geschöpf Nelly II erworben. Della Torre erinnerte sich noch genau daran, als er sie zum ersten Mal gesehen hatte, in Begleitung von Tom. Die beiden betraten die Bar eines seiner Hotels, und sein sicherer Spekulanteninstinkt verriet ihm sofort, dass Tom ein Mann war, mit dem sich leicht Geschäfte machen ließen: Intelligent, aber lebensunfähig, ein besserer Träumer, der versuchte, gegen die Zeit zu arbeiten. Della Torre hatte sich erlaubt, ihnen einen Drink zu spendieren, und am Ende des zweiten Drinks hatte Tom ihm die Wahrheit über Nelly erzählt.

Della Torre, immer auf der Suche nach extravaganter Zerstreuung, war anschließend mit einer gewissen Gier auf Börsen und Spielcasinos gesehen worden. Dort trieb er sich so lange herum, bis er eine sichere Verhandlungsbasis erworben hatte. Dann hatte er Tom ein Angebot gemacht. Sie redeten eine ganze Nacht lang. Tom hatte ihn nach und nach in Nellys Geheimnisse eingeweiht, bis ganz klar war: Nelly war die ideale Frau. Mein Gott, die ideale Frau, dachte Della Torre. Im einsetzenden Morgengrauen hatte Tom vertraglich festgelegt, wie das etwas empfindliche Geschöpf zu behandeln sei, mit dem Recht, notfalls eingreifen zu können. Er machte Della Torre darauf aufmerksam, dass geistige Verbindungen nicht verkäuflich seien. Della Torre konnte sich darunter nichts vorstellen, wusste aber, dass er im Begriff war, einen einzigartigen Handel zu machen. Er unterschrieb den Vertrag, legte eine Summe, die für zwei lange, ausschweifende Lebensabende gereicht hätte, bar auf den Tisch, und Nelly befand sich seitdem in seinem Besitz.

Die ersten Monate mit ihr waren unglaublich. Nelly, schlau und verführerisch zugleich, lernte schnell und war in der Lage, das Gelernte anzuwenden. Della Torre genoss es, dass sie alles sein konnte, schlagfertig, lebhaft, anschmiegsam, still, abweisend, unerbittlich, ganz wonach ihm der Sinn stand. Und sie fand schnell heraus, was ihm gefiel. Mit der Zeit hatte er sich daran gewöhnt, dass sie nicht aß und keinen Schlaf brauchte. Auch ins Flugzeug konnte er sie nicht mitnehmen. Einmal im Monat trafen sie sich mit Tom in dessen Gewächshaus.

Dann aber war eine Wandlung eingetreten. Nelly hatte sich verändert. Ständig erzählte sie von Tom, von seinen Ideen und wie besessen er daran gearbeitet habe. Das Projekt sei ganz allein seine Erfindung gewesen. Nur einer habe davon gewusst, ein junger Halbchinese, der eines Tages plötzlich verschwunden sei, jedenfalls habe sie ihn nie zu Gesicht bekommen. Wenn es um Tom ging, bekam Nelly etwas Fieberhaftes. Sein Geist schien vollständig in sie übergegangen, seine Gedanken ihre zu sein. Della Torre war missmutig und Nelly immer eigenmächtiger geworden. Sie neigte zu unberechenbaren Handlungen und hatte ihren einzigartigen Stil, willig zu sein, verloren.

Della Torre fühlte sich betrogen. Er begann an Toms Genialität zu zweifeln und an der eigenen Geschäftstüchtigkeit. Wenn der sich nun geirrt hatte. Und es musste einen Fehler geben, warum hätte Tom sein Meisterwerk sonst verkaufen sollen. Eine Garantie hatte er ihm nicht geben können. Della Torre musste lachen, er hielt sich also ein programmiertes Unheil im Haus. Na schön, er wollte mit Tom darüber reden.

Doch dazu war es nie gekommen. Als er heimlich zu Tom gegangen war, hatte er das Gewächshaus verplombt vorgefunden und erfahren, dass Tom unter mysteriösen Umständen ums Leben gekommen sei.

Nur wenige Tage vorher hatten sie gestritten.

– Wieso hat Tom dich eigentlich abgegeben? Della Torre ahnte Böses. Nelly stand am Fenster, in einem Abendkleid – sie waren im Theater gewesen – und drehte sich langsam zu Della Torre um, der am Kamin saß.

– Weil er sich bestrafen wollte, sagte sie mit klarer Stimme, wir haben nie darüber gesprochen.

– Wieso bestrafen? Hat es mit dem Verschwinden des kleinen Chinesen zu tun?, forschte Della Torre.

– Nein, bestimmt nicht. Er half Tom und war ihm vollständig ergeben. Tom brauchte jemanden, auf den er sich verlassen konnte. Als das Projekt dann fertig war, hatte der Junge seine Rolle ausgespielt.

– Und weshalb wollte er sich dann bestrafen? Wieder mal hatte er das Gefühl, dass Nelly ihm auswich.

– Dafür, dass er mich gemacht hat, sagte sie stolz.

– Na, den Nobelpreis hat er ja noch nicht dafür gekriegt, meinte Della Torre spöttisch.

Nellys Haltung versteifte sich:

– Ich bin vollkommen. Die erste Generation, die Erfahrungen macht und anwenden kann, triumphierte sie.

– Willst du vielleicht sagen, dass du mit mir schlechte Erfahrungen gemacht hast. Oder warum lässt dein Verhalten in letzter Zeit zu wünschen übrig?

Sie stellte sich vor ihn und schaute ihn mit leicht zugekniffenen Augen an. Dann hob sie die Augenbrauen, genauso wie er es tat, wenn er etwas wissen wollte.

– Du bist nicht mehr, wie ich's gerne möchte, sagte er.

Nelly hatte sich umgedreht und war wortlos aus dem Zimmer gegangen. Sie spürte etwas in sich, dass sie mit keinem Programm erfassen konnte. Es lag außerhalb ihrer Erfahrungen. Es war kein Impuls, kein Gefühl, kein Gedanke, aber es arbeitete wie eine starke Energie. Della Torre hatte Recht, sie hatte sich verändert, aber ohne es zu wollen. Und das war neu. Eigentlich ging es gar nicht. Das beunruhigte sie. Irgendwie konnte sie nicht anders, es hing nicht von ihr ab. Aber wovon?

Das Problem liegt nicht in mir, dachte sie, es ist irgendwo anders. Und trotzdem ist es da. Laufe wie ferngesteuert. Es gab keine Probleme, die sie nicht selbst lösen konnte, hatte Tom ihr erklärt, als ihre Neuheit. Sie versuchte, sich ihre Entscheidungsprozesse vorzustellen: Da gab es die vielen Möglichkeiten, die Wahl und dann die Entscheidung. Alles lief über unterschiedliche Impulse. Aber jetzt spürte sie keine verschiedenen, sondern widersprüchliche Impulse. Sie zerteilten die Entscheidung, versuchten zu gewinnen. Wie zwei Energien, die aufeinander trafen, ihre Felder begannen sich zu überschneiden, dann wurde plötzlich aus der Überschneidung ein unbekanntes Energiefeld von übergroßer Spannung, ein Kurzschlussgebiet, eine Zerreißprobe ...

Sie war losgerannt. Ohne zu wissen lief sie deutlich in eine Richtung. Nichts hielt sie auf. Der Körper bewegte sich ohne ihre Lenkung. Sie erkannte den Weg zu Toms Gewächshaus. Zum ersten Mal machte sie etwas, ohne den Grund zu kennen. Sie nahm das in den Ackerfurchen verstreute Licht wahr. Tom war noch da und arbeitete. Taumelnd kam Nelly durch die Tür, die sie aufgerissen hatte.

Tom sah sie an und wusste sofort, dass etwas nicht stimmte. Nelly sagte nichts, sie ging auf ihn zu mit wirrem Blick. Ihr Körper war heiß. Tom versuchte zu kalkulieren, was sie in diesen Zustand versetzt hatte. Urprogrammierung schoss es ihm durch den Kopf. Vielleicht gibt es sie ja doch, die Erbsünde der Computer. Beinahe musste er lachen. Jetzt hatte Nelly ihn erreicht. Er musste aufpassen, Nelly war gefährlich. Er kannte ihre Kräfte. Wahrscheinlich lief sie auf einem fremd gesteuerten Impuls. Reden hatte da keinen Sinn mehr.

– Nelly, rief er dennoch.

Sie holte unbeirrt zu einem gewaltigen Schlag aus, unter dem er noch rechtzeitig wegglitt.

– Nelly, was ist los, fragte er nach Deckung suchend. Aber es gab keine Deckung, an diesem Ort lag alles offen. Wieder ging sie auf ihn los, er wich zurück, eine Hand vorm Gesicht, streifte den Arbeitstisch, von dem kleine Gegenstände herunterfielen, und überlegte fieberhaft. Dumpf knallte der erste Schlag auf seine Brust, aber er fiel nicht hin.

Welche Konfliktprogrammierung hatte er ihr gebastelt, es fiel ihm nicht mehr ein. Er musste an ihr Zentrum herankommen. Der Elektromagnet! Verdammt, er war nicht angeschlossen. Als er versuchte, mit der Hand ihren zentralen Verschluss zu erreichen, nahm sie ihn in den Schwitzkasten. Er wehrte sich nach Leibeskräften. Sie fielen hin, irgendetwas mit ihnen, und Tom gelang es, sich zu befreien. Er sprang auf und hechtete Richtung Stromaggregat. Nelly war dicht hinter ihm.

Plötzlich fiel es ihm wieder ein, was er ihr als Eingabe gemacht hatte, für den Fall, dass …

Nelly traf ihn hart am Hinterkopf. Das Letzte, was er sah, war ein Lichtstreifen von der Deckenlampe aus Neon, wie ein verrissenes Foto.

Blau und Rot

Ich liebte sie! So jung ich war und voller Phantasien. Mit Anna konnte ich ausleben, was mir in meinen irrwilden Gelüsten vorschwebte. Alles, fast alles. Dass sie mitmachte, schmeichelte mir, meinem Begehren, aber wirklich liebte ich sie, weil sie verstand. Nur eben nicht dafür, dass sie es tat.

Sie roch nach Meer. Das fiel mir auf, zuallererst. Eine Frau, die nach Meer roch. So was hatte ich noch nicht mal geträumt! Meine Schwestern, die rochen anders. Nach Schweiß oder Sex die älteste. Und die andere? Na ja, nach einer Mischung aus Waschcreme, Zitrusfrüchten und Nelken, oder war es Vanille, jedenfalls durchschnittlich, harmlos. Aber nach Meer riechen! Ob sie sich auch regelmäßig zurückzog und wieder heranglitt? Berechenbar wie die Gezeiten sah sie nicht aus.

Ihren Duft roch ich, als sie in mich reinlief. Es war mild, jackenlose Jahreszeit, die Prostituierten standen mit einem Eis auf der Straße. Ich wollte gerade mit Francesco Farben kaufen. Da kam sie angeschwirrt, woher weiß ich nicht, so schnell verfing sie sich in unserer zielgerichteten Bewegung, ein Wirbel. Ich wusste sofort, dass es die Deutsche war, von der Francesco immer erzählt hatte, mit Bewunderung.

Sehr gefiel mir ihr Geruch, sehr. Ich glaube, ich schloss die Augen. Es mag ungewöhnlich erscheinen, wo ich doch gerade von einer Frau umgerannt wurde, aber mein Gasspürsinn war betört. Mit Wollust schwang er sich auf diese Duftwoge, Wellenreiten – nichts Ungewöhnliches bei Meergeruch. Aber was da meine Sinne bestach, stand ziemlich im Gegensatz zu der stolpernden Gestalt, ihre Bewegung hatte so gar nichts Fließendes, Duftwolken-artiges. Nicht wie eine Welle sah sie aus, sondern wie ein über den Topfrand gekippter Schneebesen. Ihr plötzliches Abbremsen brachte sie auf eine tiefere Blickebene. Sie konnte mich nur von unten ansehen, tat es auch. Das hatte Haltung. Die Folgen beschreibe ich hier. Ich ver-gesse sie nicht, die blauen Augen im blonden Meer.

Tiedenhub.

Ultramarin, aufregendes Ultramarin, wertvollste und schwierige Farbe der großen Maler aus dem Pulver von Lapislazuli. Man schaffte es aus dem Orient heran, und es war entsprechend teuer. Die Qualität des blauen Pig-ments wurde sogar vertraglich festgelegt vor dem Malen und nur für das Heilige oder die besonderen Akzente ver-wendet. Annas Augen hatten die Farbe von Marien-Män-teln auf den Bildern der Renaissance. Haben sie noch, hoffe ich. Mit synthetischen Farben käme man dem Blau nicht einmal nahe.

Von ihrem warmen Blick getroffen, stand ich da. Ich fühlte mich wie ein lebendiges Hindernis, das auf der Stelle geliebt wurde.

Ich kaufte ein kleines Fläschchen Ultramarin, es hat jah-relang auf meinem Arbeitstisch gestanden. Sie, das Meer, war davongerauscht, lange Ebbe, nicht beleidigt, nur un-terlegen, aber mit Humor und stolz bemüht, nach dem halben Kniefall in den aufrechten Gang zu finden. Sie hatte mir eine Riechprobe zugestanden. Wunderbar! Es roch nach Abenteuer.

Sie würde wieder an mir vorbeigehen und mich sehen, das wusste ich. So bot ich ihr meine Brust, frei, unbekleidet –

wenn sie Instinkt besaß, konnte sie mich in der Theater-
werkstatt durch das Fenster entdecken. Es dauerte noch
eine ganze Woche, vielleicht zwei.

Dann aber durchquerte sie meine nach außen gerich-
tete Energie, das Wünschen. Sie streifte kurz am hohen
Fenster vorbei, signalartig wie der Strahl eines Leucht-
turms. Ich erschrak. Obwohl ich darauf gefasst war. Ihre
Bewegung verriet nicht, ob sie mich bemerkt hatte, wohl
aber, dass sie nicht zufällig vorbeiging … Und wenn sie
nun mit Francesco verabredet war! Ich hobelte weiter.
Weniger elegant jetzt, mehr wütend, unkonzentriert.
Diesmal könnte sie *meinen* Geruch wahrnehmen. Fuchs
im Bau, Vorsicht schlau. Hell drang das Licht durch den
Fensterbogen, Stein an Stein, schon der scharfe Schatten-
kranz hinter mir – es war spät, wenn die Sonne so tief
stand, fast waagerecht ihr Licht schickte wie einen Säbel-
hieb.

Sie waren nebenan, Francescos nervöses Lachen. Die
Tür ging auf. Ich zog den Bauch ein. Sie kam zuerst herein, musste sich um die Kreissäge schlängeln, drehte ihr
Becken dabei … und wie sie es tat, sagte mir, ihre Scham
ist dreieckig, weiblich, versteckend weiblich, nicht das
schmale Fließ der knabenhaften Frauen ohne Hüften.
Doch es war nur ein Blitz, eine barmherzige Sekunde, bevor ich weiter in den Wald eindringen konnte. Im Raum
stand ihr Blick, noch vor jedem Wort, ein Flammenwurf,
wilde Offenbarung, klar und, wie mir schien, entschlossen, im ultramarinen Blau.

– Hallo, zum ersten Mal hörte ich ihren Alt, diesen
rauen Unterton, fast levantinisch. Sade fiel mir ein, *Your
love is king.*

Francesco stellte uns vor. – Das ist ANNA! Anna vor-
wärts wie rückwärts, schnell. Meinen wirklichen Namen
verriet er nicht. Es war unsere Abmachung. Vielleicht
hieß sie ja auch nicht Anna, eigentlich sind Annas

schwarzhaarig, lockig, unberechenbar dunkel. Sie stand da, leicht angespannt in der hohen Kühle. Durch den Stoff über ihren ungehaltenen Brüsten war die Härte der Brustwarzen zu sehen. Als ich die Zigaretten in meinem Hemd suchte, sah ich zwischen den wolligen Hobelspänen ihre Füße in Sandalen mit Riemchen – Fesseln um die Fesseln – und es erregte mich.

Nein, sie wollte keine Zigarette – ich rauche nicht, aber es klang keck und rauchig.

Wir rauchten, sie nicht. Wir standen und es war still. Nur unsere Gerüche, Meer und Schweiß. Zwei Wasser. Sie hätte Fragen zu unserer Arbeit stellen können, mir gefiel, dass sie nicht das Naheliegende tat. Doch eine dunkle Anna?

Ich weiß, ich wünschte nicht mehr, auch Francesco nicht weg. Annas Blick auf meine kaum behaarte Brust, was sie mochte, ihr behutsames Hineinwachsen in diesen Männerraum, bis sie sicher da stand, eine Hand auf der Hüfte ... Ja, tatsächlich, nicht wie die Weiber am Brunnen, sondern eine Frau, deutlich den Mann witternd, der ihren Lenden bestimmt war. Ein wunderbares Liebesgefäß schien sie mir.

Es war der Rohzustand von heftigen Gefühlen und es tat gut, einen Dritten dabei zu haben. Einen freundlichen Francesco, was die Spannung milderte und zugleich erhöhte.

In der Bar ging es weiter. Wir bestellten Prosecco. Ihr deutscher Akzent fiel besonders am »r« auf, verführerisch unbeholfen. Phantasien von kleinen Mädchen tauchten auf, obwohl ich die größeren lieber mochte. Vielleicht hing es mit meinen Schwestern zusammen. Francesco traf einen Bekannten und unterhielt sich mit ihm – angeregt. Ich verstand es als Geschenk. Dankbar nahm ich es an, gierte nach Annas Gegenwart und fühlte mich wie ein

Kind. Doch als sie zu reden anfing, als mir ihr warmer Alt die Sinne berührte, da fühlte ich mich wie ein Mann. Mann auf unbekannte Weise, so, als sollte ich ihr Blond auf Händen tragen, aber mich an ihrer fremden Kultur wetzen. Beides schien mir eine Herausforderung.

Anna trug eine Bluse mit großen Knöpfen. Sie war so kurz, dass ich die sanften Wölbungen um ihren Bauchnabel sehen konnte, wenn sie das Glas hob und trank. Am liebsten hätte ich ihr hundert Prosecco bestellt, um immer wieder diese hellhäutige weiche Stelle zu sehen. Zinnoberfeld.

– Was hat Zinnober mit meinem Bauchnabel zu tun, lachte sie.

– Zinnober ist ebenso kostbar.

Ihr Lächeln wirkte erfahren.

– Ja, die Alten Daoisten benutzten es bei ihren alchemistischen Experimenten. Sie suchten die Unsterblichkeit.

Sie trank einen Schluck und schaute mich von der Seite an.

– Zinnober war einfach sehr wertvoll für ihre Alchemie, die äußere Alchemie, und so haben sie es auf die innere übertragen. Sie wollten die inneren Schätze durch Atem- und Meditationsübungen veredeln. Und da, wo sich die Energie sammelt, das heißt eben Zinnoberfeld. Das Zentrum liegt unter deinem Bauchnabel.

Ich musste die Stelle berühren. Meine Fingerkuppen wie Sandpapier auf ihrer weichen Haut. Anna hielt inne.

– Ach, red keinen Zinnober, sagte sie etwas laut.

Schnell holte ich meine Hand zurück.

Viel später erst hat sie mir erzählt, dass es im Deutschen eine Redewendung ist.

Ich war undiszipliniert, fraß zu viel Süßes! Wenn ich eine Chance haben wollte, musste ich mich in Form halten. Sie war älter, sah gut aus, hatte Erfahrung. Sie verdiente Geld mit Deutschunterricht. Was sollte sie mit mir anfangen, einem mittellosen Kunststudenten, so jung mit kindlicher Nase, Primatenstirn und fast rotem Haar?

Ich stritt mit Maria-Pia. Sie meinte, ich solle arbeiten, meine Mutter entlasten, damit sie nicht jede Nacht in der Pasticceria stehen müsste. Ich fand, das ging sie nichts an! Sollte sich um ihren eigenen Kram kümmern. So konnte ich nicht atmen. Und mir verging die Lust, mit ihr zu schlafen. Manchmal dachte ich dabei an Annas Hintern! Er war auffallend, sein Volumen, die Dichte, beinahe mütterlich und doch verlockend. Italienische große Hintern sind nur groß oder massig, aber nicht viel versprechend. Es lag an den Proportionen: Ihre Taille war zierlich, als hielte sie die Stellung, darüber waltend, und mit schwingendem Abstand vom Erdboden. Ihr Hintern scherzte nicht, war ein Mann von Welt: Sicher, einnehmend, fordernd auch, aber voller Gelassenheit. Eine überraschende Synthese aus Malerei und Skulptur. Geheimnisvoll und doch mit klaren Konturen. Ich wollte ihn besitzen, ihn für mich haben, diesen Arsch, nur für mich. Ich wollte, dass er zu mir gehörte, auf der Höhe meines Hinterns ging, die Frucht auf ihren langen Beinen. Ich musste ihn haben, halten, beschlafen, beschützen, begreifen.

Ich erfuhr, wo sie wohnte. In den Hügeln, in der Reichengegend. Mutter hatte früher Kundinnen dort, als sie noch schneiderte, vor ihrem Rückenleiden. Manchmal hat sie mich mitgenommen, und ich konnte den Frauen bei der Anprobe zusehen. Ich war höchstens acht, aber ich spürte, dass etwas Wesentliches vorging. Und sie fühlten sich unbeobachtet, diese wogenden Brüste und weichen Hintern in Unterwäsche, gewölbte Schenkelquadrate unterm Strumpfhalter. Und die Bewegungen! Variationen des aus dem Rock Schlüpfens. Gerüche. Sich reckende

Körper beim Kleid überziehen, und oben wuchs die exotische Blume der Hände heraus. Ich schaute mir die Kniescheiben an, die aussahen, als sprächen sie. Oder das Schlüsselbein der Frauen, wenn sie eine Kostümjacke auszogen. Ich würde wieder in die Hügel fahren und diesmal die Lust am Schauen selber haben, die Enthüllung des Weiblichen würde mir gelten. Meine Hände auf ihrem weißen Körper.

Anna bewohnte das Gesindehaus einer Villa, die kurz vor der Hügelkuppe stand. Ein kleines, kastenartiges Häuschen, schmal und hoch. Es sah aus, als habe Cristo Efeu statt Stoffbahnen benutzt.

Auf einer geliehenen Vespa bin ich hingefahren. Wind ging durchs Efeu, entblößte das Häuschen in Böen. Lange blieb ich stehen, sog die Gerüche durch den Abendwind anstatt Zigaretten, sie waren das Benzin im Tank. Vielleicht roch es nach ihr. Die Zypressen wiegten sich im Wind wie ein Klischee aus der Malerei. Ich setzte mich an die Rosmarinsträucher, machte Skizzen in meinem Buch. Das ovale Fenster im oberen Stock war auf der Zeichnung ein obszön geöffneter Mund. Ich wollte ihren Mund im Fenster sehen, nur einmal. Ihren schönen Mund, geschmeidig und sinnlich, wandelte ständig sein Aussehen, Chamäleonmund. Selbstbewusst, lasziv, manchmal streng, doch meistens verführerisch. Mantegna hätte seine Farbe hinbekommen. Wahnsinnig war die Vorstellung, dieses Paradies könnte sich meinem Schwanz öffnen.

Ich hatte mir vorgestellt, sie käme gerade zurück! Mit ihrem alten Käfer den Berg hochgefahren. Sie steuerte ihn fast hingebungsvoll. Einmal hatte ich sie beim Einsteigen beobachtet, in einem kurzen, schwarzen Ledermantel mit ihrer deutschen Freundin, beide ausgelassen wie Touristinnen. Annas Bewegungen waren fließend und rund, ähnlich der Form des Autos, nur nicht so deutsch, eher eine Giulia.

Ich hätte sie überrascht. Ich war sicher, dass sie Überraschungen liebte. Sobald sie den Wagen bei den Zypressen abgestellt hätte, wäre ich aus meinem Versteck gekommen und hätte gesagt:

– Es ist keine Kunst, mich abzuweisen! Nimm mich lieber, und du wirst die Leidenschaft kennen lernen!

Oder ich hätte sie einfach angefasst, meine Hände fest auf ihre Taille gelegt, kurz über den Hüftknochen, die Daumen auf dem Zinnoberfeld. Ich weiß, dass mein Griff überzeugt. Oft hat sie nach meinen Händen gefleht.

Ich glaubte, man könne sie nur plötzlich besitzen und erst allmählich kennen lernen.

Ich wartete einfach!

Jemand erzählte mir, sie sei stolz und schlau. Ich fand, es gab keine bessere Mischung. Sie war abgenabelt. Natürlich. Da war sie weiter. Hätte ich damals auch tun sollen. Weg, raus aus der falschen Nestwärme bei Maria-Pia. Sie war dabei, mich einzuspinnen in ihr Netz und mich mitsamt der erlangten Heiratsurkunde zu verspeisen. Maria-Pia war, verglichen mit Anna, ein Schulmädchen mit Tarantella-Ambitionen. Sprach aber meine Sprache.

Anna wirkte nicht heiratswütig. Doch ich traute ihr zu, dass sie mitreißen konnte, auch für längere Zeit – ein kalter, schneller Strom. Einer, für den man Mut braucht. Nicht diese mediterran warmen Fluten aus Menstruation und Gefälligkeit. Das unzerreißbare Netz aus Hysterie und Berechnung. Aber hinter der nordischen Kühle, was steckte da? Ach, ein Blond-und-kalt-Klischee. Wenn ich zwischen Lauren Bacall – Anna hatte ihre Haare – und Sofia Loren wählen müsste, würde ich mich immer wieder fürs blonde Gift entscheiden. Diese Kühle war Fassade, genauso wie die frauliche Wärme der italienischen

Frauen. Welche Furien dahinter toben, kann der verwirrte Blick nicht ausmachen. Als ich Anna zum ersten Mal lächeln sah, mit Augen und Mund, strömte mehr als Wärme. Temperatur der Verführung. Fast schmerzhaft das Verlangen. »Why dont we do it in the road!« Sofort hätte ich's getan.

Dann sah ich sie in der *osteria del sole*. Ich war mit Walter dort. Was machte sie in dieser Alte-Männer-Schwemme? Die Ausländer liebten den Laden mitten im Marktviertel. Da saßen sie immer, besonders die Engländer und die Deutschen, tranken den schlechten Wein und fanden es pittoresk, dass um acht, halb neun das Ladengitter runtergelassen wird. Der senile Wirt gaffte den Weibern hinterher, während seine Frau die Gläser spülte. Die Vorstellung, dass er Anna anstarrte, dieser bigotte Seiberer, ertrug ich nicht. Kein Blick sollte sie berühren. Auch Walters nicht. Ich wusste, er stand auf Frauen wie Anna, mit seiner Riesenrute.

Von meiner Arbeit am Theater hatte ich Maria-Pia nichts erzählt. Wollte ihr keinen Trumpf in die Hand geben, etwas, was sie glaubte bewirkt zu haben. Es ging nur mich an, und Francesco. Wir machten es zusammen, die gesamte Technik: Licht, Ton, Bühnenbild. Auf Tournee lag ich niemandem mehr auf der Tasche. Nur die Akademie musste warten. Es war meine erste Spielzeit. Ich war frei.

Ich konnte mit neuem Material arbeiten und dreidimensional. Vor allem war da Platz, eine richtige Werkstatt. Dort hatte ich mich Anna gezeigt und Feuer gefangen. Auch wenn ich da nicht malen konnte, bekam ich aber Ideen für meine eigene Arbeit. Zu Hause versuchte ich sie umzusetzen. Beim Fernsehen. Es lief durch bis zum Morgen, Inspirationsquelle. Bilder aus der Welt, Bilder, die vielen Bilder. Das Magma der Bilder. Schatten,

Schnitte, Einstellungen, Perspektiven, Nichtgezeigtes. Meine kleine Welt in der großen. Anna war das fremd. Der Tisch voller Bücher, Material, Werkzeug, was nicht mehr draufpasste, lag auf dem Klappbett, der Rest auf dem Boden. Den Essteller stellte ich auf dem Kühlschrank ab. Ich arbeitete bis meine Mutter um vier zurückkam. Es war immer eng, nur ein Schlafzimmer für alle, solange meine Schwestern im Haus waren. Aber manchmal fühlte ich mich wohl, furzte, genoss den Geruch und dachte an Duchamps.

Als ich das erste Mal mit Anna schlief, war es auf dem Bett meiner Schwester. Danach wollte ich keine Bilder mehr malen – nur nur ficken, mit ihr.

Eine kurze Geschichte

Sie saß spätabends über Korrekturen von Seminararbeiten, als es klingelte. Ungewöhnliche Zeit für Besucher. Aus Neugierde machte sie ohne Zögern auf.

Da stand er.

Sie kannte ihn nicht persönlich. Aber gesehen hatte sie ihn oft an der Uni, in schwarz, lässig, rauchend, in der Nähe des Kaffee-Automaten, manchmal im Gespräch mit einer Kollegin aus der Sprachwissenschaft, von der sie nur den Namen wusste. Mit anderen Studenten hatte sie ihn nie sprechen sehen.

Er stand in der Tür, verzog keine Miene – oder hatte er vielleicht Guten Abend gesagt – sie war verwundert und bat ihn rein. Seine Hose machte ein ledernes Geräusch. Jung war er, viel jünger von nahem. Sie führte ihn ins Wohnarbeitszimmer, das mit ihm drin ganz anders wirkte. Was er nur wollte! Er roch jugendlich, ein sanfter, klarer Geruch.

Nach einer Stunde hatte er die Lederjacke immer noch an. Er saß auf dem Boden und schaute die alten Platten durch. Ihr war aufgefallen, dass sie schon lange nichts Neues mehr gekauft hatte. Sie überlegte, ihm das zu erzählen, mochte aber nicht so viel von sich preisgeben. Stattdessen fragte sie, ob er etwas trinken wolle, was plötzlich unbeholfen klang. Später griff er zur Ginflasche auf dem Regal, trank einen Schluck, kniff die Augen zusammen und stellte sie lächelnd wieder hin.

Sie rätselte herum, weshalb er gekommen war. Vielleicht wollte er einen Rat für sein Studium. Sie schätzte ihn wie jemanden ein, der niemals in eine Sprechstunde gehen würde. Neulich war er einmal in ihrem Seminar aufgekreuzt – den Studenten fiel er gleich auf. Sie hatten ihn gemustert und dann auf sie geschaut, als gäbe es zwischen ihnen einen Zusammenhang. Doch er, er hatte nur schweigend da gesessen, mit einer Art unbeteiligter Aufmerksamkeit, die sie irritierte.

– Hast du 'ne Zigarette?
Es war das Erste, was er sagte.
– Tut mir Leid, ich rauche nicht.
Schon wieder so ein Satz. Er griff ins Futteral seiner Jacke, zog eine Zigarette heraus und dann ein Streichholz aus einem ähnlich unsichtbaren Fundus. Das Streichholz entzündete er an der Fußleiste. Allmählich fand sie seine Gegenwart amüsant, sie genoss das Unerklärliche an seinem Besuch.

Er mache Musik, Saxophon. Ein Instrument, das zu ihm passte, dachte sie, sagte es aber nicht. Sie hatte sich ebenfalls auf den Boden gesetzt. Eigentlich mochte sie es nicht, es erinnerte so an überwundene Zeiten. Er schriebe auch die Texte, Texte zur Musik. Irgendwo schlug es Mitternacht. Der Gedanke an das morgige Aufstehen ließ sich so schlecht verdrängen. Sie schüttete etwas Gin ins Glas und kippte ihn energisch runter. Der Gingeschmack, gemischt mit seinem Jungengeruch. Sein ernstes Gesicht wirkte feierlich mit den dunklen Augen. Sie redeten über Musik.

So selbstverständlich wie er gekommen war, meinte er irgendwann: – Ich bin müde. Sie war es schon lange. Dass sie die Augen überhaupt noch offen halten konnte, lag an der Spannung, die er verbreitete – herausfordernd, oder war es arrogant? und doch voll ruhiger Eleganz. Das *ich bin müde* verschlug ihr die Sprache. Er hatte es keineswegs gesagt wie jemand, der zu gehen beabsichtigte. Sie wollte zustimmen, *ich auch* sagen, oder *ja, es ist spät*, und während sie zögerte und ihn ansah, zog er die Lederjacke aus, legte sie behutsam auf den Teppichboden, kniete sich vor sie hin und berührte ihre Wange mit sanfter Hand:

– Du siehst auch müde aus, sagte er leise.

Als der Morgen anbrach, wachte sie auf, sah ihn neben sich liegen, eingerollt, warm und wohlriechend wie ein Kind, die kurzen Haare verwirbelt. Ein Geschöpf, dachte sie, aus einer unbekannten Welt. Sie fühlte sich gut. Auch wenn es ihr nicht mehr gelang, einzuschlafen. Sie lag da, entspannt, und atmete seinen wohligen Dunst ein.

Er kam oft. Immer unangemeldet. Die Nächte wurden auf elementare Weise kürzer, die Umarmungen rauschhafter, verloren aber nie ihre kindliche Unschuld.

Es war wenig, was sie von ihm wusste. Und er hatte noch nie eine Frage gestellt. Obwohl er von Natur aus neugierig schien. Manchmal versteckte er kleine Zettelzeichnungen. Oder er brachte Platten mit, CDs mochte er nicht. Oft hörten sie Musik, unterhielten sich über Literatur, über ihr Seminar. Die Gespräche waren schwerelos, sie kamen ohne jene forschende Zielstrebigkeit aus, die sie bei anderen ermüdete. Er war ganz aufmerksam, lebte aus dem Moment, Vergangenes gab es nicht – so liebte er auch. Sie genoss diese Präsenz, fühlte Interesse an ihrer Person, so, wie sie wirklich war. Doch sie wusste nicht, warum er zu ihr kam.

Dann tauchte er in ihrem Seminar auf. Sie wurde richtig rot. Beinahe verlor sie den Faden. Die Studenten registrierten es, und es schien triumphierend: Hatten sie also doch Recht gehabt! Sie wollte sich von dieser Meute nicht verunsichern lassen! Als er etwas zur Diskussion sagte, wurde sie ruhiger. Sie hörte seine Stimme mit der gleich bleibenden Satzmelodie. Es gefiel ihr, dass sie diese Stimme privat erlebte und die unmodulierten Sätze manchmal ganz heftige Wogen hervorrufen konnten, die in ihrem Körper nur langsam verebbten. Wie ein kleines konspiratives Einverständnis mit Stil. Sein Beitrag kam so schlicht und klar, dass sich die Wortführer provoziert fühlten. Es entstand eine rege Debatte. Aber sie griff nicht ein, fühlte sich vielmehr entlastet. Sein Ansatz war interessant, er ging an den Text aus sprachphilosophischer Sicht heran. Plötzlich dachte sie: Ja natürlich, er musste mit der Sprachwissenschaftlerin befreundet sein! Daher ging er mit Frauen, die älter waren als er, so unbefangen um. Dann wohnte er wahrscheinlich gar nicht bei seinen Eltern. Weshalb hatte sie das überhaupt angenommen, weil er nie zum Essen gekommen war. Er wohnte bei ihr!

Die Diskussion war verstummt, hatte wohl schon länger aufgehört. Alle sahen sie fragend an. Um was ging es? Ob jemand es nochmal wiederholen könne, für sie. Sein Blick dazu.

An diesem Abend hoffte sie, er käme nicht. Sie war angeschlagen und matt, hatte Lust, früh ins Bett zu gehen, zudem regnete es stark. Sie machte sich einen Tee mit Rum, las, hätte sich am liebsten schon ausgezogen, aber wenn er doch noch kommen sollte … Im Bademantel fand sie sich unattraktiv. Der Rum wirkte. Ihre Gedanken wanderten zu der Sprachwissenschaftlerin, ein herber Typ, fast maskulin, sehr intelligent sollte sie sein und fähig, darin waren sich alle Kollegen einig. Sie wollte demnächst mit ihr reden, beiläufig. Und ihn würde sie fragen, wo er wohnte. Nein, das ging nicht. Es war ja Unsinn! Wahrscheinlich nur die Müdigkeit. Schließlich konnte er tun und lassen, was er wollte. Aber, dachte sie, es wäre schön, wenn er doch käme.

Manchmal hatte er etwas Unberechenbares, Wildes an sich. Er besaß ein Messer. Es sei für vieles gut, hatte er gesagt, als sie es entdeckte, und es hatte merkwürdig geklungen. Es schien ihn weniger zu stören, dass sie von dem Messer wusste, als dass sie sich nicht vorstellen konnte, was daran so vergnüglich sein könne. Sie sollte seine Geheimnisse besser nicht aufstöbern, dachte sie. Wenn sonst immer die Frauen die Geheimnisvollen waren, jetzt war es eben mal der Mann. Oder lag es am Altersunterschied? Sie beschloss, ins Bett zu gehen.

Erschöpft schlief sie sofort ein. In ersten Träumen tauchte ihr Exmann auf, mit verwirbelten Haaren und einer Brille, die sie nicht kannte, klingelte er an der Haustür. Er ließ nicht locker, schon wieder sein lautes Schellen, bis ihr klar wurde, dass es tatsächlich klingelte. Er! Wieviel Uhr war es? Und wenn sie gar nicht aufmachte. Es regnete noch immer. Nein, sie konnte ihn nicht vor der Tür stehen lassen.

Das Wasser lief aus seinen dunklen Haaren, die Tropfen hielten kurz am ausgeprägten Kinn, um auf der hochgeschlossenen Jacke zu landen.

    – Komm, sagte er nur.

    – Wohin?

    – Raus, es ist toll!

    Er nahm ihre Hand und begann, sie aus der Wohnung zu ziehen.

    – Im Nachthemd!

– Zieh dir was über.

– Aber es regnet doch wie verrückt.

– Deshalb ist es ja toll! Komm!

Er ließ nicht locker. Sie fand es absurd, war aber zu schlaftrunken, um wirklich Widerstand zu leisten. Sie fröstelte, wollte wieder zurück ins Bett, er legte ihr einen Mantel um die Schultern und führte sie einfach nach draußen.

Der Regen war dicht, breitete sich auf der Haut aus wie ein nasser Schleier. Auf den Pfützen lag silbernes Laternenlicht, leicht vom Wind ziseliert. Niemand war unterwegs. Er fasste sie um die Taille unter dem Mantel. Durch diese Öffnung drang unablässig Wasser, und der Stoff des Nachthemds klebte am Körper. Wenigstens hatte sie schnell noch Gummistiefel angezogen. Das Regenwasser machte sie wach.

Es war das erste Mal, dass sie gemeinsam ausgingen. Obschon es kein festes Ziel zu geben schien, lenkte er ihre Schritte auf diesem nächtlichen Ausflug. Wohin wusste sie nicht. Als sie ihn fragte, gab er zur Antwort:

– Wo es schön ist.

Sie liefen, das Wasser rann überall herunter und rein. Ihr Gesicht wurde ganz groß und frei durch den Regen. Die kühle Luft war erfrischend.

Sie hatten ihr Stadtviertel verlassen und kamen in eine ruhige Wohngegend. Vereinzelt brannte noch Licht in den Fenstern. Dann standen sie unverhofft auf einem Platz, mit Bäumen und einer Art Brunnenskulptur in der Mitte. Im Sommer stellte die Eck-Kneipe da ihre Stühle auf. Ein paar Mal hatte sie dort gesessen.

– Komm!, sagte er und führte sie auf den Brunnen zu.

Willig ließ sie sich führen.

Dann zog er den Arm aus ihrem Mantel, fasste sie mit beiden Händen um die Taille und drückte sie sanft gegen den Brunnen. Er machte den Mantel unten auf, küsste sie und begann, ihr Nachthemd langsam hochzuziehen. Der Regen traf auf ihre nackten Beine. Die Situation verwirrte sie. Die Vorstellung, jemand würde jetzt vorbeikommen, machte sie an, eine völlig neue Phantasie. Nun hatte er das Hemd bis über den Bauch gezogen und rückte leicht von ihr ab: Regen hatte sie noch nie auf ihrem Geschlecht gespürt! Entblößt stand sie da, aufgeregt. Er öffnete sie vorsichtig mit zwei Fingern, und dicke Tropfen fielen auf den Kitzler. Dann berührte er ihn mit den Fingern und rieb sie. Sachte, gleichmäßig. Er spürte, wie es sie erregte, schaute sie genau an. Und sie legte den Kopf in den Nacken und gab sich frei. Als sie zu stöhnen anfing, bückte er sich, näherte seinen Kopf, öffnete den Mund und ließ die Zunge sehen. Obszön breit war sie. Und dann setzte er an und leckte sie und leckte sie und hörte gar nicht mehr auf.

Es kam niemand – aber sie. Heftigst. Noch lange hielt er ihre Lust mit dem Handballen.

– Siehst du, man braucht bei Regen nicht unbedingt Gummistiefel.

Es verging eine Woche, ohne dass er sich blicken ließ. Die ersten Tage ging es gut. Endlich konnte sie einiges erledigen, längst fällige Dinge, die in letzter Zeit liegen geblieben waren. Sie war froh, sich bei dem Regenabenteuer keine Erkältung geholt zu haben, erstaunlicherweise! Nach ein paar Tagen befiel sie eine innere Unruhe, verstohlene Blicke nach ihm an der Uni, vergebens. Vielleicht hatte er gerade einen Job gefunden. Das uneingestandene Warten begann an den Nerven zu zerren. Die Abende verbrachte sie zu Hause, ungeduldig und ärgerlich darüber, nicht ausgegangen zu sein, dann plötzlich wieder in sehnsüchtigem Schmerz. Sie hätte ihn doch nach seiner

Adresse fragen sollen. Und was er nicht wusste: In zwei Tagen musste sie zu einem Kongress.

Auch die beiden Tage verstrichen.

Am letzten Abend machte sie einen Spaziergang durch den Regen.

Dann fuhr sie los. »Das Phantastische in der Literatur«, ein Thema, das sie eigentlich interessierte. Ihr Vortrag, gleich zu Anfang, war auch ein Erfolg gewesen. Doch es blieb blass und fade wie alles, was die Tagung betraf. Noch nie hatte sie etwas als so quälend nichtssagend empfunden. Es kostete große Überwindung, an dem für die Teilnehmer organisierten Abendessen zu erscheinen. Anschließend, im unaufdringlichen Luxus des Hotelzimmers, betrank sie sich vor einem Liebesfilm. Anders war es nicht auszuhalten. Am nächsten Morgen reiste sie vorzeitig ab.

Als das Taxi in ihrer Straße hielt, war es schon dunkel. Allein wieder in derselben Stadt zu sein, ließ sie ein wenig ruhiger werden. Sie zahlte, stieg aus und schaute zu ihrer Wohnung hoch. Es brannte Licht! Wie war das möglich! Es konnte niemand da sein! Einbrecher … oder vielleicht …

Sie hastete ins Haus. Angst hatte sie keine, sie verspürte nur eine mit Bangen untermischte Aufregung, fast so etwas wie Neugierde. Rennend nahm sie die Stufen. Und wenn es doch Einbrecher waren … Vor der Tür holte sie einen Moment Luft. Da war ja Musik in der Wohnung, New Wave. Ihre Aufregung wuchs. Sie kramte nach dem Schlüssel, fand ihn endlich, steckte ihn ins Schloss, und sie hatte noch kaum die gewohnte, etwas sperrige Drehung bewältigt, als das Schloss wie von selbst aufsprang …

Er saß kaum bekleidet im Arbeitszimmer, den Rücken an das Bücherregal gelehnt. Er rauchte. In der Hand hielt er sein Messer und bearbeitete damit ein Stück Holz. Es sah aus wie ein Phallus. Die Musik war so laut, dass er sie nicht sofort bemerkte. Erst als sie einen Schritt in den Flur tat, hob er den Kopf, schaute sie kurz an und dann sofort zur Seite, wo sie erst jetzt eine zweite Person sehen konnte: Ein junges Mädchen, höchstens zwanzig, sehr hübsch, stark geschminkt und hellblonde Haare in gemäßigter Punk-Frisur. Sie trug ihren Bademantel und stand da, als sei sie gerade aus dem Schlafzimmer gekommen.

Das Mädchen lächelte.

Zweite Stimme

Er war jedes Mal vor mir dran. Dann stand er noch bei der Lehrerin in der Diele oder brach gerade auf, manchmal begegneten wir uns im Treppenhaus. Kurzes Grüßen, seins zurückhaltend. Singen habe ich ihn nie hören.

Das wirkliche Singen begann mit dieser Lehrerin. Zum Vergnügen singe ich schon lange, in Chören und kleinen Gruppen, auch Soli. Sie sagt, die Stimme ist Ausdruck der Seele und alles, was du fühlst, kann man hören. Nun mache ich also Töne oder singe ein Lied, und sie hört zu. Das ist viel. Jeder Ton hat ein eigenes Leben, erzählt Geschichten. Ein schlichtes A ist es meistens, zögerlich verlässt es meinen Mund, schaut sich um in der fremden Umgebung. Scheu, fast zitternd nimmt das Tönchen Raum – adagio. Da ist noch ein Geländer und das Muster vertraut, doch was dahinter liegt, kann ich nur erahnen.

Die Lehrerin nickt ermunternd, spielt den nächsten Ton, ich lausche und übernehme ihn. Er kommt und tastet nach meiner Konzentration, als sei sie die Hand des Vaters. Wo er hin will, scheint es keine Wände zu geben. Der Raum weitet sich, gähnt leichtfertig. Während ich da nackt stehe mit lauter Fragen, kriegt das A dünne Füße, schwankt und schmirgelt ab! Die Luft zum Weiterforschen wäre da, auch die Lust.

Den Mund weit öffnen, sagt sie.

Ich will es versuchen und schicke noch ein A auf die Reise. Vielleicht sollte ich ihm eine Farbe geben, dem Schiffchen in der Neuen Welt, eine, die zu den gelösten

Formen passt. Ocker. Oder Rot. Der Ton beginnt zu klingen, hat hörbar seine Flügel aufgeschlagen.

– Wie fühlst du dich?, möchte sie wissen.

– Hm, ein bisschen wie der Wind!

Das ist die Neugier, und die sieht rot aus, orangerot! Karmesin.

Als ich in die Straße biege, sehe ich ihn am anderen Ende. Haben die beiden heute früher Schluss gemacht? Er geht zügig. Von weitem erkennt man, wie jung er sich bewegt. Dann verschwindet er um die Ecke.

Vielleicht sind noch Reste seiner Töne im Raum, wärmen wie das letzte Sonnenlicht die Giebel der Häuser. Es beschäftigt mich. Die Lehrerin erzählte, dass er in einem Knabenchor gesungen hat, jetzt sei er zu alt dafür. Ich betrachte ihr Kanu, das auf dem Boden steht. Es liegen kleine Dinge drin, die Katharina lieb sind. So heißt sie.

Tief Luft holend locke ich die Töne aus dem Versteck wie scheue Tiere. Irgendwie bekomme ich den nächsten zu fassen und stoße ihn aus, beherzt. Und er wirkt lebendig. Fühlt sich an wie ein großer Ball, der mich trägt, nicht nur meinen Körper. Ich bin ein junges Mädchen, das singt.

Auf einmal kommen Erinnerungen, reißen heftig den Vorhang auf, ein Durcheinander von allen Seiten: *Der Mond ist aufgegangen*, mein Vater sang es so schön und klar, wie der Mond im Lied. *Josephine, die Sängerin,* in Kafkas Geschichte. *Summertime*, immer wieder *Summertime*, vertraut, geliebt, beweint. Und meine Mutter stöckelt unter großen Hüten und trällert etwas, meine Scham… längst ist mir die Luft ausgegangen, der Ton ist verklungen, das Panoptikum weggeklappt – ich habe es nicht einmal bemerkt.

Heute kam er die Treppe herunter, leicht um die letzte Biegung, Notenmappe im Arm. Hüpfer. Als er mich sieht, geht er langsamer, schaut auf die Stufen. Ich grüße, es kommt spontan, dann die Überlegung, dass Jüngere zuerst grüßen. Und er ist viel jünger. Sein *Hallo*, direkt neben mir, und er läuft im langen Hausflur und durch die Tür. Seine Haut ist dunkel, er hat italienisches Blut. Den Rest der Treppe gehe ich leichter, steige hinauf in ihr luftiges Nest.

Die Räume sind hell. Katharina sitzt am Klavier und improvisiert, sie will mich einstimmen. Ihr Rücken wirkt gut gelaunt. Vielleicht ist es auch ein Kommentar zu seiner Stunde, gerade. Ich bin aufgeregt. In der Atmosphäre liegt feiner Jungengeruch. Wir fangen mit einer Entspannungsübung an.

– Sing in meine Hand, sagt sie. Ihr sonorer Alt. Einem Sopran würde ich ungern folgen. Sie legt mir die Hände auf den Körper, überall, zwischen die Schulterblätter, auf die Flanken und oberhalb des Steißbeins. Die Haut dort erwärmt sich. Ich stelle mir vor, wie sie die Übung mit dem Jungen macht – und finde es erregend. Wie fühlt er sich unter ihrer Hand? Ob er wächst?

Jetzt die Töne. Keine Scheu, ich werde sie schon zustande bringen. Vokale rollen an, Es und Us und Is, surren durch die Haut in ihre Hand.

Dann die großen Töne.

– Einfach loslassen. Mach den Mund auf, und lass sie herausfließen.

Sie hat gut reden.

Da prescht ein A los, ungestüm. Mit der Kutsche meiner Vorstellungen fährt es ein ins bekannte Gelände, leichtsinnig. Die Kutsche ist überladen, sie schwankt, die Bilder türmen sich wie Pakete, bedeutende Fracht – so viele Gefühle, und der Boden taumelweit entfernt. Im Ton klingt etwas Junges mit, nur kurz. Freundlich. Dann verschwindet es wieder, taucht weg in das Wirrwarr der Bilder.

Mein Kopf ist voll und leer, mir schwindelt. Ich spüre Kratzen im Hals. Jetzt habe ich plötzlich seinen Geruch in der Nase, während Katharina aufmerksam am Klavier sitzt. Ihre klaren Gesichtszüge. Ob sie mir Hilfestellung gibt? Ich schließe die Augen. Wie soll ich das nächste A hervorzaubern?

Es klappt. Der Weg hat sich geebnet. Als der Ton kommt, ist er fester. Ich höre sein Volumen, spüre meine Neugier und den Nervenkitzel. Wohin trägt er mich? Hinab in den Stollen, Grube der Gefühle. Es ist dunkel da! Jeder Ton bringt auf der Lore ein Häufchen Emotionen mit. Schlafende Hunde. Immer schon hatte ich Angst im Dunkeln, aber ich muss weiter in den Schacht. Bloß jetzt nicht an schöne Töne oder Gesang denken. Es raut im Hals. Wem gebe ich mich da hin! Salz bröckelt von den Wänden, fließt zäh, wo es feucht ist. Salzklotz im Stall, an dem die Ziege leckt. Salz, licht, fast weiß. Hat der Tunnel denn kein Ende?

Plötzlich steht er da.

Er steht einfach da mit nacktem Oberkörper, als stünde er im Wind. Es ist auch gar nicht dunkel. Ich sehe seine Schlüsselbeine. Er hat die glatte Haut der Südländer, etwas heller, und große braune Augen. Um seine Lenden ist weißer Stoff gehüllt, bauschig. Staunend nehme ich ihn wahr, so jung und schmalgliedrig und ein wenig ausgesetzt. Ruft er nach beschützt werden? Fordern würde er es nicht. Muss *ich* ihn beschützen? Ich bin mir nicht sicher. Sein Blick verrät Stolz. Es wirkt, als brauche er keine Umgebung, keine Mutter. Durch meine Verwunderung spüre ich, dass es ihn gibt, höre seine Stimme. Er steht da und singt *meinen* Ton, einfach meinen Knabenton. Dann geht er zu Ende … adieu.

Erschöpft lausche ich ihm hinterher. Er klingt nach.

Tönt, und zieht mein heftiges Sehnen nach seinem jungen Glanz. Unschuld und Reiz. Was war das, ein Trugbild? Eine Vision durch Sauerstoffmangel.

Katharina genießt meine Verwirrung, sie ist Teil dieser Arbeit. Es geht um die Gefühle. Ich möchte den Jungen wieder sehen, vor mir, ich will. Doch wenn ich den Mund öffne, könnte alles verschwinden, wie die Oase dem Durstigen. Ich will mich schönmachen für die Verabredung. Wie geht das mit Stimme? Wo finde ich den Balsam, der meine Kehle ölt?

Die Pause dehnt sich, der Wunsch zerrt heftig. Jetzt nicht zu lange warten, sonst wird die Angst größer, schwillt im Hals. Hoch oben stehe ich auf der Klippe wie einst auf dem Zehn-Meter-Brett: Da soll ich runterspringen! Mitten in die Luft! Wie kann ich loslassen? Katharinas Blick ist behutsam, aber sie schaut mich genau an. Ich will, ich muss es wieder fühlen – und springe!

Hoch lässt sie mich singen, die Höhe ist Frauen-Domäne. Wir kommen über den Bruch, und ich bin voller Angst, allein da zu stehen. Nur mit meinem selbst gemachten Tönchen, das niemanden ruft oder entstehen lässt. Leicht, leicht versuche ich zu sein *leggero*. Und da geht es! Klar und jung klingt der Ton, unverbraucht. Ich lasse mich überraschen von diesem hellen Klang und fühle mich wohl. Mein eigenes Lächeln nimmt mich mit, ich werde leichter.

Da ist er wieder! Ich höre seine Stimme, *seine* Stimme. Ohne Mühe komme ich zum nächsten Ton, noch höher, und werde jünger. Ich weiß kaum, ob es noch meine Töne sind … Ich lausche seiner Stimme: *voce bianca*, glockenrein. Er singt – in mir! Und ich lasse mich tragen, bin er. Bloß nicht nachdenken. Ich sehe ihn. Vor ihm liegt etwas Dunkles. Ich darf ihn nicht verlieren …

Katharina lächelt. Ich habe das Gefühl, ich bin weit vorgedrungen, in dem unbegrenzten Raum, den sie mir öffnet. Nach diesem Bild ruhe ich in mir selbst. Noch mehr davon, die Haut der Anstrengung durchbrechen. Es geht, ich habe genügend Kraft.

Seine Glieder zucken jetzt sportlich. Die Muskeln nervös wie vor dem Sprint. Beine, die noch in kurzen Hosen stecken könnten mit flaumiger Behaarung und hervortretenden Knien. Wahrscheinlich wartet ein Freund auf ihn, mit Sporttasche an der Bushaltestelle oder auf dem Fahrrad. Wenn er zum Training unterwegs ist, vergisst er seine Stimme. Entspannt wird er rumbrüllen auf dem Platz und sich wohl fühlen in der verschwitzten Kumpanenwelt.

Schwindelnd höher gehen wir, die Luft wird dünn. Er taucht auf, und ich bin froh. Ich sehe ihn im Chor singen, lauter Jungen seines Alters. Nicht süßlich wie Sängerknaben, gekonnt. Vielleicht sind sie berühmt. Er kann es also doch noch, *so* singen. Immer zügiger kommt er, schwingt sich hoch an jedem Ton. Keine Technik, es ist Gefühl. Und es trägt. Schon ähnelt das A einem I, und ganz oben ist er luftig und fast Engel. Domspatz. Abgehoben, weggetrillert … höher geht nicht.

Also führt sie mich runter auf der Tonleiter, zurück zu meiner natürlichen Lage. Ich soll die Leichtigkeit mit in die Tiefe nehmen, versuche es. Doch die Stimme verliert Helligkeit, färbt sich opak. Da sind Schatten. Wir steigen ab, der Ton ist nachdenklich, es wird eng: Soul umgibt ihn wie fetter Rauch, tiefer dann fast metallisch ein Blues. Gewicht drückt. Ich schaue mir den Jungen an in seinem Chor, die vielen geöffneten Münder beruhigen ihn durch die Strenge der Form. Er mag das, aber merkt, dass es nicht reicht. Hinter seinen Augen liegt es dunkel und die Frage, was sich hinter der Form verbirgt. Unbekanntes! Mit Stimme hat es zu tun, mit seiner, mit … Der Abstieg auf der Tonleiter. Sein Gesicht ist voller Unruhe, unter jedem tieferen Ton biegt er sich. Irgendwann gehört er nicht mehr da hin – es wird einen Abschied geben …

Da bricht sie aus, in haltlosen Schüben: die Angst. Angst vor dem Bruch, vor diesem Weg, den er nie mehr zurückgehen kann. Der Stimmbruch wird ihn trennen von all dem. Zack, aus. Verliert er die Stimme, und er spürt es nah, dann muss er Mann sein …

Die Zeit ist um. Katharina lobt mich:

– Du hast dich fallen lassen. Ich konnte es an deiner Stirn sehen, die war ganz entspannt.

Das nächste Mal soll ich die Stunde eher kommen, der Junge ist nicht da.

Ich bedanke mich, bezahle und gehe.

Alles ist weich und weich.

Früh bin ich aufgestanden, die Woche war lang. Die Freude auf das Singen hat den Tag getragen. Als ich zu Katharina fahre, ist das Licht anders, viel heller. So wie vor einem Jahr, als ich die erste Stunde hatte. Der Junge ist noch nicht so lange bei ihr. Ich frage mich, warum er heute nicht kann, und wie er zu Katharina kam. Meine Neugier ist nicht mehr rot, sie färbt sich violett.

Katharina empfängt mich an der Tür, in weiten Hosen und kurzer Weste. Frisch sieht sie aus und alterslos, ein leuchtender Sonnenuntergang. Er muss sie verehren.

– Wir können uns ein bisschen Zeit nehmen heute, sagt sie freundlich.

Ihre Aufmerksamkeit genieße ich, möchte aber so schnell wie möglich zu den Tönen. Verbindung aufnehmen. Sie scheint meine Unruhe zu spüren und lächelt.

Wir beginnen zügig. Das Aufwärmen verbreitet Ruhe, taucht mich in das Singen wie Eis in Schokoladensauce. Außen Spannung und innen bereit zu schmelzen. Ich möchte Bilder sehen, bin begierig danach.

Die ersten Töne sind zart, sie klingen verletzlich. Ich darf mich nicht verkrampfen, setze wieder an – da gellt es, aber nicht aus meinem Mund. Schellen! Es hat geschellt!

Auf Katharinas Gesicht entsteht eine Trübung, kurz nur. Sie sagt:

– Entschuldige bitte, und geht zur Tür.

Sie wohnt hoch. Ich schließe die Augen und versuche mir vorzustellen, wie ich an meine Jungentöne herankomme, an die Bilder.

– Hallo, höre ich sie sagen, und – Komm herein.

Ihre Stimme klingt, als sei sie aus allen vier Elementen zusammengesetzt. So habe ich sie noch nicht gehört.

Dann kommt sie zurück, gefolgt von dem Jungen! Mir wird heiß. Beide stehen sie da im Zimmer, vor mir. Der Junge mit hängenden Armen. Er atmet sichtbar, sein weißes T-Shirt spannt sich bei jedem Zug leicht an und fällt wieder über den Gürtel. Mit einer kleinen Geste streicht er sich die Haare aus der Stirn. Auf einmal habe ich das Gefühl, sie sind ein Paar! Und das wollen sie mir zeigen. Auf diese Weise, so schonend, so brutal …

Ein Ton bahnt sich durch meine Kehle. Schneidend, klar, hoch. Nur das geht! Er klagt und schmerzt und möchte in der Wiege eurer Arme liegen.

Katharina bedeutet dem Jungen zu singen.

– Sing mit! Hilf ihr!

Mein Ton weint weiter – und der Junge beginnt zu singen.

Sein Ton kommt vorsichtig, nimmt mich bei der Hand. Er hält sie fest.

Er hat genau die Stimme, die ich gehört habe. Sie ist klar. Und bietet Schutz. Vor dem Verdacht.

Wir singen gemeinsam.

Allmählich wird *Summertime* daraus.

So hush, little baby, don't you cry!

Ich beginne zu fließen, es ist ein schönes Gefühl.

Tränen ziehen über sein Jochbein, als wanderten sie ins gelobte Land.

With mummy and daddy standing by ...

Dann macht das Schweigen seine langen Töne. Lang wie ein Umhang.

Katharina ist ruhig. Ihr Blick streift uns, erst mich, dann den Jungen. Vielleicht denkt *sie* jetzt, wir sind ein Paar. Zwei, die zusammen singen, sind ein Paar.

– Was ist in dir vorgegangen?, fragt sie den Jungen.

Er schaut sie an. Auch mich, dann zu Boden. Er verzieht seine Mundwinkel, als ob er weinen müsste oder Schmerzen hätte, und schüttelt den Kopf, ganz leicht.

– Du kannst es ruhig sagen.

Katharinas Stimme ist angenehm.

Er räuspert sich:

– Als Kind hatte ich einen großen braunen Bären, der konnte tief brummen. Aber oft war mir der Bär zu dunkel und sein Brummen zu tief. Eben habe ich an den Bären gedacht und daran, dass ich ihn unserem Chorleiter nicht zeigen darf. Aber er lässt sich so schwer verstecken, er ist so groß.

Heute musste ich dem Chorleiter vorsingen – und meine Stimme war nur noch tief!

Er holt Luft.

– Werde ich denn nie mehr so singen können wie früher?

– Ja, sagt Katharina, du bist wirklich weit gereist mit deiner Stimme. Jetzt hat sie ein neues Zuhause bekommen. Mir gefällt es gut!

– Was sagst du dazu? Sie meint mich.

Ich habe zugehört, bin noch versunken in der Welt von *Summertime*. Wie oft habe ich das Lied gesungen, schon als Mädchen und mit dieser Stimme. Wenn ich die Mädchen aus jener Zeit jetzt wieder träfe, hätten sie immer noch die gleiche Stimme. Bei Jungen ist das nicht so! Es wird mir erst jetzt klar.

Ich betrachte ihn. Er sieht weich aus und schön, wie seine Stimme.

– Ich hatte lauter Bilder im Kopf, sage ich. Dein Singen hat uns in ein Land gebracht, in dem die Farben leuchten. Summertime-Farben. Wir standen auf einem Berg, darüber Wolken. Vielleicht war es ein Vulkan, dann haben wir auf Lava gestanden. Katharina verbrannte sich die Füße. Und wir beide, wir schauten in ein bebuschtes Tal. Es war friedlich. Niemand hatte mehr Angst.

Ich habe dich vorsingen sehen – du musstest nichts beweisen. Deine Stimme kam tief und noch tiefer, bis an den Bruch heran. Durchbrach den Bogen. Jetzt liegt er hinter uns.

– Ja, sagt er, gar nicht so schlimm, Mann zu werden und lächelt.

Einladung zum Tanz

Loves mysteries in soules doe grow
John Donne

Gehen

Manchmal fällt es mir schwer, die Füße still zu halten. Ich liege im Bett und die Waden werden unruhig wie die Pferde vor dem Rennen. Es ist nicht das nervöse Zucken beim Einschlafen, von dem man hochschreckt und erstaunt feststellt, bereits geschlafen zu haben. Es ist ein Ruf, eindringlich und für mich. Dann muss ich raus, ich habe keine andere Wahl. Nicht jede Nacht, doch treibt es mich mehrmals im Monat.

Der Wunsch auszugehen kommt als Einladung zum Tanz. Und die Füße erhalten sie zuerst. Mein Mann schläft ruhig neben mir, auf der Seite, auf dem Rücken. Ab und zu schnarcht er. Doch das hat mich nicht geweckt. Lieber würde ich in der Wärme bleiben. Seite an Seite mit der Geborgenheit und Nähe, die mir sein Körper gibt. Ich habe es nicht in der Hand, verspüre nur das Ziehen, den Sog. Es ist wie frischer Wind, den ich brauche. Der Raum wird eng, Schlafen zur falschen Entscheidung.

Im letzten Zimmer, an dem ich vorbei muss, schläft mein Sohn. Er ist zwölf und besitzt die gleiche erdverbundene Wärme wie sein Vater. Wenn sein Vater verreist ist, kommt der Junge manchmal in unser Bett. Dort fällt auf, dass er noch ein Kind ist, und meine Füße schweigen. In solchen Nächten gehe ich nicht aus. Ich werde darauf immer verzichten, solange mein Mann unterwegs ist. Es wäre Betrug.

Drehen

Die Bar ist halb voll. Pärchen in den Ecken mit dem rötlich gedämpften Licht, und am Tresen sitzen zwei Männer. Ruhiger Jazz, eine Musik, die ich an diesen Abenden gern höre. Ich habe mich auf einen Barhocker gesetzt in meinen Ausgehsachen: Schwarze Hose mit weitem Schlag, einen roten Pullover, tief ausgeschnitten, und Lederjacke. Die Hose macht einen runden Arsch, das spüre ich. Der ältere der beiden Männer hat sich gerade einen neuen Drink bestellt. Er sitzt in meiner Nähe, verdeckt den Jüngeren am anderen Ende der Theke. Jetzt fragt mich der Barkeeper nach meinen Wünschen. Ich kenne ihn flüchtig und glaube, in einer gefährlichen Situation würde er mich beschützen. Das ist gut. Als ich meinen Gin Tonic bekomme, steht der jüngere Mann auf und geht an mir vorüber, vermutlich zum Klo. Er sieht gut aus. Auf dem Rückweg, merke ich an der Art, wie er geht und seinen Hintern bewegt, dass ich ihm gefalle. Sein Geruch ist bei mir geblieben. Er wird das Spiel aus der Entfernung eröffnen. Worte wird er benutzen, geistreich oder witzig, er braucht keine Tuchfühlung, nur ein kleines Publikum. Flamenco denke ich. Für diesen Mann heißt Leidenschaft nicht nur Gefühl oder Beweis seiner Potenz. Er nimmt sie ernst! Das gefällt mir – ihm möchte ich willig sein.

Wechselschritt

Ich habe viel getrunken und sehne mich nach Hause, wo der Liebende wartet. Noch ist mir niemand begegnet, kein Tänzer, kein Matrose. Nur ein Mann mit Hund. Gerade heute zog es die Füße besonders schnell. Laut schreckte mich das Verlangen aus dem Schlaf, übertönte das häusliche Wohlsein. Doch keiner hat sich gefunden. Kann noch nicht heim!

Beim Ballett, in der Kinderklasse, drehte ich meine Schlappen im Magnesium und tanzte hin auf die ersehnten Spitzenschuhe. Die Meisterin rief mich zu sich: Ich durfte in die Klasse der Erwachsenen, als kleines Mädchen bei den Großen tanzen. Die Welt war mein! Rund und unter meinen Füßen! So lange, bis die Gestrenge mich wieder zu den Kindern schickte. Die Scham traf tief. Wo soll ich suchen?

Der nächtliche Trieb befällt nicht nur mich. Ich sehe andere, die laufen, sich drehen und schauen, die mit dem Hunger und ihren Erwartungen kämpfen. Ich kann sie erkennen. Das Stück, das sie geben, ist traurig, oft eine Suche am falschen Ort. Auch meine Füße schmerzen. Doch bevor ich die Schuhe wieder leise in den Flur stelle und die Vögel erwachen, muss die Gier gestillt sein.

Drehen

Diese Kneipe ist ein Nachtcafé und füllt sich spät. Nach dem Theater, dem Kino kommen die Leute, vom Schreibtisch oder aus Einsamkeit. Auch zu zweit. Sie essen kleine Gerichte, trinken, was sie ins Bett treibt, so oder so. Premieren werden mit Prosecco begossen und tagsüber die Verträge für eine nächste Rolle, stelle ich mir vor, denn ich kenne den Ort nur im Kunstlicht.

Es ist leer heute, es ist Sommer. Ein schwules Paar knutscht, was mich erregt. Ich habe Wein bestellt. Da kommt eine Gruppe herein, Männer und Frauen mittleren Alters, ganz aufgeschlossen, als haben sie gemeinsam etwas erlebt. Sicher sind sie mutiger als sonst, durchlässiger auch, der Mond ist voll. Manche schwirren aus, Zigaretten ziehen, telefonieren, eine Frau geht die luftige Wendeltreppe herunter, um sich noch schöner zu machen. Ich sitze in der Strömung, berauscht. Keine Undine. Es ist gut, ein Glück im Bauch.

Wein trinkend suche ich mir den Mann aus. Ich möchte ihn heute jung, der mein Sommergewand hebt und mich ohne Umschweife nimmt und nichts beweisen will. Die Uhr läuft. Sich in kurzer Zeit finden, verlangt Feinsinn, kriminalistische Kunst. Ob am Fuße der Wendeltreppe oder draußen, leicht und begehrlich soll der Akt sein. Wir wollen uns – Instinkt pur – in tanzender Lust.

Meine Wahl trifft den Blonden in der Gruppe. Kein Tangotänzer, seine Hände eignen sich zur Waldarbeit; die Linke hat er um ein Weizenbier gelegt. Er raucht nicht, und ich träume davon, was er mit der Rechten macht. Sein prächtiges Kreuz hält eine Sängerbrust offen. Ich höre schon die fetten, tiefen Töne in mir nachschwingen. Er steht im Saft, davon werde ich nach Hause tragen. Eine gute Nacht. Und jedes Mal ist es Liebe!

Tanzen

Lange bin ich zu Fuß gelaufen. Die Nachtluft ist lau, lüftet mein Gemüt. Ich fühle mich weder bettschwer noch munter. In einer Wohngegend mit vielen Bäumen kommt mir ein Paar entgegen. Er hat den Arm um ihre Schultern gelegt, sie ist jung und sieht aus, als gebe es etwas, das sie zögern lässt. Doch er nimmt es nicht wahr, er drückt entschlossen sein Becken gegen ihre Hüfte. Schade, denke ich und an Shakespeare. Als sie kurz vor mir sind, hebt er den Blick. Er schaut mir in die Augen. Vertraut, als sei es mein Bruder. Dann höre ich, wie ihre Schritte in meinem Rücken langsam werden. Vor einem Gründerzeithaus bleiben sie stehen, sehe ich, und dass er sich im gleichen Augenblick mir zudreht.

Das ist das Zeichen.

Ich schlendere gelassen weiter. Die Blätter rascheln sanft. Es dauert eine Weile bis Männerschritte hinter mir sind und ich genieße die Ungewissheit. Es gehört zum Spiel: Der Tanz ist eröffnet, doch wird er mich auffordern? Jetzt holt er auf und stellt sich vor mir hin, seine Beine fest auf dem Boden. Ich würde so gerade noch durchpassen.

– Darf ich Sie nach Hause bringen.

– Ja gerne, wenn Sie eins kennen.

Er zögert einen Moment, blinzelt mit einem Auge. Plötzlich lächelt der geschwungene, volle Mund. Den Kragen der Jeansjacke hat er hoch gestellt.

– Ich kann es Ihnen zeigen.

– Ja, gerne!

– Das gefällt mir!

Er lässt mich rechts gehen, wir biegen in eine Querstraße, dann in die nächste. Keiner spricht. Die Spannung ist ergreifend, macht mir das Becken weich. Da tritt er hinter mich, fasst meine Hüften an und schiebt mich durch Flieder und Holunder in einen Gartenweg, der jetzt erst auffällt. Bis zur Villa führt er mich fest, da erkenne ich das Gründerzeithaus von der Seite. Es liegt im Dunkeln. Nach wenigen Handgriffen stehen wir in einem kleinen Raum, Gartenstühle, ein Spiegel am Boden, es riecht nach Saatgut. Als seine Gürtelschnalle auf den Kachelboden fällt, kann ich es kaum erwarten.

Und zurück

Der Weg zurück ist das schwerste. Meine Füße sind leicht, sie tragen den glücklichen Schoß und die Brüste, der Sog hat sie entlassen. Beruhigt. Wie das erste Licht trifft mich der Schmerz der Heimkehr, spüre ich die Schuld. Ich möchte das Hurengewand zerreißen, aber es verklebt mit der Haut, meiner Haut, die wieder den fremden Griff genoss. Wie löse ich mich aus? Den Wunsch nach Strafe wird niemand mir erfüllen, sosehr mein Mann auch ahnt und bleibt. Mein Schoß gehört ihm. Er macht mich zittern, wenn er ihn nimmt, noch warm und verdorben. Aber es lindert nicht. Der Gang ist schwer. Das Hin und Her reibt die Wünsche auf, pflastert den Heimweg. Kein leichter Tritt.

E-Mails

Es würde mir nie einfallen, in Olivers Sachen rumzuwühlen, und ich habe es auch bisher nicht getan. Aber ich suche meinen Pass, der muss noch von der letzten Reise bei ihm liegen.

Da finde ich diese Mails ...

Von: Anna
Datum: 3. Mai
An: Oliver
Betreff: ins Herz!

Getroffen! Mitten ins Herz! Zieh den Pfeil nicht raus! –
Deine Neueroberung

Von: Anna
Datum: 5. Mai
An: Oliver
Betreff:

Bevor wir uns heute wiedersehen, muss ich dir sagen: Bin verrückt vor Aufregung! Bis gleich, bis zu uns, bis in uns.   Anna

Von: Anna
Datum: 7. Mai
An: Oliver
Betreff: taumelnd

Liebestoll könnt ich werden – mit dir! Mich an dem Taumel berauschen, an dieser verteufelt guten Geilheit. Niemand hat so die Früchte bis zum Honig ausgesaugt, noch
keiner Lust mit Lust gestillt! Jubelnd und ohne Absturz,
in drei Liebesnächten. Ich möchte das Einhorn reiten, den
Schmerz entfachen, uns alles geben – nehmen! Machst du
mit? Lass mich glühen!
  Und noch was: Du bist schön!

Von: Anna
Datum: Nachts im Mai
An: Oliver
Betreff:

Wie soll ich dich nennen – Liebster, Schönster, Olivster!
Lies dies bald und ruf mich an! Bitte! – Deine lallende
Liebste durchs Verlangen.
  Muss deine Stange halten, damit ich nie mehr stürze!
  So wie letzte Nacht soll jede Nacht sein!
  Kennst du überhaupt Grenzen??? Was ist, wenn du auf
meine stößt? Und wenn sie dir nicht gefallen!
  Ich mag deinen Maßstab – für die grenzenlos verliebte
A.

Von: Anna
Datum: 12. Mai
An: Oliver
Betreff: betrifft mich!

Ich vergehe, vier Stunden bist du weg, wie soll ich das ertragen! Ohne Mitte!

In mir zerrt und schmerzt das herausgerissene Band, ein Ende unserer Liebe. Jojoband von meinem zu deinem Geschlecht, immer gewaltsam entrollt, wenn du gehst.

Meine Wunschwonne weint, vor Glück, nach dem Liebesbrand, aber noch mehr aus Sehnsucht ... Keinen Ersatz ertrag ich, nur dich, bin süchtig nach Erfüllung, lass es schlagen, das Herz unserer Mitte!

Von: Anna
Datum: 15. Mai
An: Oliver
Betreff: betrifft Oliver

Geliebter Muschelheld!

Halte Einzug und nimm sie. Benutze sie, hofiere sie, rasiere sie ...

Meister meiner Lust – verwöhne mich. Gipfelstürmer! Warum habe ich immer dann Lust, wenn du nicht da bist!?! Annnnna

Von: Anna
Datum: 19. Mai
An: Oliver
Betreff:

Du magst meine Nachtlandschaft! Frag nicht, sie gehört dir! Dein Besitz, dein dunkles Terrain, wann immer du willst, weil du mich heiß machst. Nur schreibend oder leise flüsternd verrate ich dir ein Geheimnis: *Für mich ist es die höchste Lust, tiefschwarze Gier und Wonne der Unterwerfung.* So anders, spüre es wie eine Maschine, wahnwitziger Rhythmus – herrisch rasend von Sinnen. Nimm mich! – AA

Von: Anna
Datum: 21. Mai
An: Oliver
Betreff:

Heute, kurz bevor du zu mir kommst:

Hoffentlich erreicht dich die E-Mail noch! Möchte nämlich gar nicht ins Kino. Danach vielleicht. Bin jetzt schon erregt. Bringst du Wein mit. Und deinen Gött- lichen! Den liebe ich! Mehr als alle anderen ... Die Tür wird offen sein, wie ich. Wo willst du zuerst?

Die Ungeduld in Person

Von: Anna
Datum: 27. Mai
An: Oliver
Betreff:

Mein schöner Oliver, es macht mich an, dass du mit dei- ner Schwester schliefst.

Erzähl mir mehr solcher Geschichten – solange sie in der Vergangenheit spielen.

Darfst alles aufwecken in mir.

Deine Anna

Von: Anna
Datum: 29. Mai
An: Oliver
Betreff: Maisonntag

Ja, *DU* bist der Mann, der mich zu nehmen weiß!

Von: Anna
Datum: 31. Mai
An: Oliver
Betreff:

Ich kann dir nicht sagen, wie schön du tanzt! So leicht, lasziv! Erlaubst dir Eleganz, verhöhnst die Schwerkraft – ohne abzuheben. Laune der Götter.

Wer dich tanzen sieht, weiß wie du liebst. Ich habe nur staunend begierige Blicke gesehen!

Muss erst lernen, solche Augenweide zu teilen.

Deine A.

Von: Anna
Datum: 2. Juni
An: Oliver
Betreff:

Mein Freudenmann. Bin ich noch schön und dein Lieblingsort?

Sag mir's auch mal! Sonst schmoll ich.

Love, deine Launige

Von: Anna
Datum: 9. Juni
An: Oliver
Betreff:

Hey, warum meldest du dich nicht?!! Höre nichts von dir, seitdem wir tanzten.

Tust du's mit einer anderen? Zertanz mir nicht das Herz, und schlag mein Misstrauen tot!

Sucht ja – Eifer nicht! A. gibt sich Mühe

Von: Anna
Datum: 14. Juni
An: Oliver
Betreff: Oliver

Bitte lass mich nicht so zappeln! Keine Machtspielchen mit mir. Mag ich nicht. Haben wir nicht nötig. Sie passen nur in unser gleichberechtigtes Bett. O.K.!? Anna

Von: Anna
Datum: 16. Juni
An: Oliver
Betreff: Anna allein

Liebster, es regnet. Du bist nicht da.
   O, warum bist du so weit weg!
   Ich singe ein gedehntes Lied. Verzichte darauf, Hand an mich zu legen. Dafür musst du mich belohnen ...
Deine Dreifachfrau

Von: Anna
Datum: Juni, nach dem Auftritt
An: Oliver
Betreff:

Du bist der Stern eurer Band, leuchtend schön, Stimme ist dein Körper, und er hat Klang. Du bist ein anderer, dann. Verführst mit Musik.
   Warum singst du nicht für mich allein? Einmal! Findest du das uncool – zu zweit sind wir doch auch heiß!

Von: Anna
Datum: 29. Juni
An: Oliver
Betreff:

Ich weiß, DU BIST NICHT DA! Erzähl ich's eben deinem Rechner: Du fehlst mir! Mein Schoß dürstet, mein Herz friert. Dumpf das Harren auf unsere warme Flut. A.

Von: Anna
Datum: 3. Juli
An: Oliver
Betreff: Wartest du auf mich?

Freitag: Vielleicht wird es heute später. Wartest du auf mich? Schlüssel liegt im Versteck. Heb noch was auf für mich von der Lust! – AAA

Von: Anna
Datum: 6. Juli
An: Oliver
Betreff: Abwechslung

Liebster O.

Was meintest du neulich mit Abwechslung?

Wenn's mich ausschließt, will ich's nicht wissen! Abwechslung für uns beide – gerne.   A

Deine aufgeschlossene ./\.

Von: Anna
Datum: 9. Juli
An: Oliver
Betreff: schön!

Hat mir sehr gefallen, dich im Freibad zu lieben! Ich mag zufälliges Publikum – und deine unverfrorene Stärke.
  Beglückter Fick

Von: Anna
Datum: 14. Juli
An: Oliver
Betreff:

14 Juillet! Bin so heiß in unserem Sommer, zerfließe vor Verlangen! Mein Pulver ist staubtrocken, braucht nur einen Wimpernschlag von dir, sich zu entzünden.
  Lass dich endlich blicken, sonst muss ich auf die Barrikaden steigen …
  Deine Robespierra

Von: Anna
Datum: 17. Juli
An: Oliver
Betreff: schmoll

Ach, krieg ich keine E-Mails mehr! Keine Blumen, keine neuen Alleinunterhalter!!! Was soll das? Du findest nichts Heißeres! Watch it, auf des Messers Scheide!
                    Deine unbefriedigte A.

Von: Anna
Datum: 23. Juli
An: Oliver
Betreff:

Irgendwann an O. Verdammt! Melde dich!!! Ich hasse diese Durchhänger! Bitttte!

Von: Anna
Datum: 30. Juli
An: Oliver
Betreff: bin scharf

Heute an O. Bin frisch rasiert & unendlich scharf – auf dich! Kommst du – in mir!

Von: Anna
Datum: 2. August
An: Oliver
Betreff: Ist schon August?

Du hast doch immer davon geredet, wolltest dabei sein, während mich ein anderer nimmt! Gute Idee, fand ich. Jetzt aber will ich sie auch umsetzen!
   Die aufgeweckten Hunde

Von: Anna
Datum: 4. August
An: Oliver
Betreff:

O – was ist, hast du Angst???!!!

Von: Anna
Datum: 8. August
An: Oliver
Betreff: mit Freund?

Bringst du deinen Freund jetzt mit? Kommt er vorher?
Mir gefällt die Vorstellung, dass du uns überraschst. Vielleicht inspiriert es ihn auch.
Lauter Fragen... Gib mir DEINE Antwort.

Von: Anna
Datum: 9. August
An: Oliver
Betreff: feuerspuckend!

Den nächsten Tag, feuerspuckend!
Ich bin wütend, glaube nicht, dass er den Rückzieher gemacht hat.
Hat er Angst, vor dir, hast du Angst? Misstraust du deinem Instinkt oder mir!
Meinst du, es wäre ein schlechtes Bild, eins, was danach nicht loszubekommen ist?
Wir wollten doch immer alles!

Von: Anna
Datum: 17. August
An: Oliver
Betreff: VETO!!!

Was soll das! Eine Woche Sende-, 7 Tage Sexpause! Dein Veto-Vötzchen

Von: Anna
Datum: 22. Aug.
An: Oliver
Betreff: Immer noch

Immer noch Liebster, du musst dich nicht wundern, dass
es wehtut, wenn du dich heimlich unter mein Bett legst.

Hat es dir denn kein bisschen gefallen?

Wie du weißt, bin ich nicht einmal gekommen. Ich gebe
zu, du hast einen gut. – A.

Von: Anna
Datum: 29. Aug.
An: Oliver
Betreff:

Wie lange lässt du uns jetzt zappeln???

Von: Anna
Datum: 7. September
An: Oliver
Betreff:

Bitte melde dich doch. Wenigstens sollten wir reden oder
weinen oder ficken.

Unseren Traum können wir nur gemeinsam weg-
schmeißen. Findest du nicht?

Ich hebe ihn noch auf! Deine Anna

Von: Anna
Datum: 20. September
An: Oliver
Betreff: An O.

Meine Ruhe ist hin, meine Möse schwer – eine Lust, die finde ich nimmermehr!

Bin die Ersatzdödel leid! Du warst mein Monolith! Und fein dazu!

Von: Anna
Datum: 3. Oktober
An: Oliver
Betreff: Rache ist nicht süß!

Ach, soll das deine Rache sein? Und unser Ende? Denkst du, mit anderen Frauen schlafen, könnte unsere Freundschaft von Schwanz und Möse überbieten? Solche Innigkeiten sind selten! Pass auf, was du zwischen uns stellst, ohne den Rückweg zu verbauen! Noch kämst du durch. – Deine gangbare Möglichkeit

Von: Anna
Datum: 21. Oktober
An: Oliver
Betreff: Kein Zeichen?

Lieber O. Immer nichts von dir. Kein Zeichen, keine Schlüssel, kein Samen im Briefpapier. Grußlos entliebt! Willst du es so, oder kannst du nicht anders??? Anna

Von: Anna
Datum: 5. November
An: Oliver
Betreff:

Falls du hoffst, ich reagiere mit Wut, schlitze dir die Reifen auf oder dein Ego, vergiss es! Keine Kinderspielchen!

Von: Anna
Datum: 7. November
An: Oliver
Betreff:

Hab *ich* dich auf die Idee gebracht? Rache an Sachen also. Wie billig! Wollte mir sowieso ein Neues kaufen!

Von: Anna
Datum: 1. Dezember
An: Oliver
Betreff: Vermisster Mann!

Ich denke heute noch an dich, wenn ich's mir mache. Auch hängt dein Duft an meinen Laken, die Batterie im liebsten Vibrator ist erneuert. Doch nie dein Bild – dein Schaft in meiner Mitte ist unersetzlich, war unsere Landschaft. Mir fehlt Erfüllung!

Von: Anna
Datum: 22. Dezember
An: Oliver
Betreff: Frage

Frage: Wann, wann schlägst du den Frost entzwei, damit die Glut rauslaufen kann?

Von: Anna
Datum: 4. Januar
An: Oliver
Betreff: Im Winter

Im Winter an Oliver:
    Bin noch hier.   Deine Anna

Lucky Strike

begreif mich
mach mich lüstern
Martin Arens

Berlin

Es ist das erste Mal in Berlin. Überhaupt in einer so großen Stadt. Gemocht hat sie die Wieder-Hauptstadt noch
nie. Ob sich das jetzt ändert? Zum Glück ist Frühlings-
anfang, wenigstens im Kalender.

Sie nimmt die U-Bahn, fühlt ihre Aufmerksamkeit,
blank wie lieb gewonnenes Werkzeug. Darunter spannt
eine Unruhe, versucht sie zu genießen. Die Leute sitzen
auf den Bänken mit der Zeitung, einem Schokoriegel,
ihrer Aktentasche in der Hand, sie kommen von der Arbeit. So kennt sie es von New York, wo endlos viele Bewegungen aneinander vorbeiziehen. Metropolenmuster.
Die meisten sind auf dem Weg in ihren Feierabend, in eine
wie auch immer geartete Privatheit, während sie auf-
bricht – neu, groß, kribbelnd vor Erwartung.

Beim Aussteigen ist es kühl, und ihr fällt das Schild auf.
Schmale Schrift auf luftigem weißen Grund, der Name
des Veranstaltungsorts, daneben zeigt ein Pfeil die Richtung an, keck nach oben. Natürlich hatte sie eine Vorstellung von den Räumlichkeiten, aber nun wächst dieses
Bild zu einer Übergröße, so wie Mutters hochhackige
Schuhe, die sie als Kind anzog, sobald die passenden Füße
aus dem Haus waren. Sie soll an einem Ort lesen, auf den
U-Bahn Benutzer aufmerksam gemacht werden! Als sei es

die Staatsoper oder ein berühmtes Bauwerk. Beiläufig greift das Lampenfieber. Auch wenn es dazu gehört, mindert der Gedanke die Aufregung nicht. Beherzt lenkt sie ihre Schritte. Oben öffnet sich der Platz weit – Berlin Mitte – nicht die stumpfen Fassaden aus Kreuzberg, wo alles verkommt, der Jugendstil, die Ökoszene, das Leben. Stadtteile, die an Gewesenes erinnern oder umgekehrt. Aber hier, in der Nähe *der* Baustelle machen sich neue architektonische Muster breit, luftige. Was da geboten wird, hat wenig zu tun mit dem Berlin in ihrem Kopf, komponiert aus Alexanderplatz, Chansons und 68 – fette Schnauze mit kokett übereinander geschlagenen Beinen. Ein Fluidum aus Hip und Elend nimmt der Stadt das feine Knistern.

Sie ist zu *ihrem* Abend unterwegs und hofft auf gutes Publikum – kein hartes Meer. Berliner seien kritisch, sagt ihre Gastgeberin, nicht locker wie die Menschen am Rhein, hier spüre man die preußische Strenge noch. Sie wird ja sehen. Das Kribbeln arbeitet jetzt im unteren Magen. Leicht findet sie da hin, wo über dem Eingang der Schriftzug *Podewil* steht. Jeder wird dabei an Po denken, *Arsch der Stadt*, es könnte auch Holländisch sein und *Po, der will* bedeuten. Der Name klingt irgendwie sesshaft, kein Zigeunerblut. Wer hatte ihr erzählt, es sei eine tolle Adresse, die sie gerade betritt. Sie nimmt den Eingang zum Café – wir schließen aber jetzt! – kommt an der Kasse vorbei, der Eingangshalle mit Müllkunst oder Kunstmüll bis sie im ovalen Saal steht. Der wirkt warm, auch in seiner Ausstattung, er hat eine Bar, und die runden Tischchen mit tief hängenden Pannesamtdecken sind gepflegte, ältere Damen, die, ihren Hunden ähnlich, kleine Schrittchen machen. Auf jedem der zierlichen Tische stehen Knabbereien und Blumen, echte. Wenn es kein literarischer Salon wäre, könnte es eine Installation sein zum Thema Dekoratives aus der Zeit ihrer Jugend. Die Wärme überwiegt und beschert ihr ein Gefühl von angekommen sein.

Die Veranstalterin steht auf und begrüßt sie freundlich. Eine attraktive Frau, die etwas erschöpft wirkt. Dass ihr das Wort Salondame einfällt, kann sie nicht verhindern.

– Mögen Sie vielleicht anfangen. Dann liest der Autor und nach der Pause ihre Kollegin.

Ja, es ist ihr recht. Den Mann in die Mitte nehmen, das Bild belustigt sie. Lieber wären ihr zwei Männer als Umrahmung. Einer der schnellen Gedanken, die auftauchen. Der Schriftsteller steht schon an der Bar. Sie schätzt ihn sehr, er gehört zu den wenigen großen, die auf ganz merkwürdige Weise doch kaum jemand kennt. Nicht nur schade für ihn, es macht die literarische Schieflage im Lande deutlich, den Neigungswinkel, dumm und arrogant zugleich, soweit man das über eine geometrische Figur sagen kann. Gut jedenfalls, dass sie den Reigen eröffnen darf, es bedeutet, die Spielregeln bestimmen. Außerdem ist das Publikum dann noch frisch.

Spät trifft die jüngere Kollegin ein. Sie lebt in Berlin und hat schon viel veröffentlicht. Als sie einmal gemeinsam lasen, erschien ihr die burschikose Frau wie eine Verwandte von Popeye, und dennoch zart, fast, als müsse sie beschützt werden. Sympathisch. Was diese von ihr hält, ist schwer zu sagen. Jetzt sitzen sie alle drei auf dem hell ledernen Autorensofa, wo unmittelbar eine Bewegung spürbar wird, eine emotionale. Mit Leidenschaft kämpfen die beiden Großen um ihr Terrain. Wie lange liest du? Ach wir duzen uns? Deutlich verbeißen sich die Rivalen ineinander, animalisch ungerührt. In diesem Zirkus gehört sie zu einer anderen Tierart. Als sie kurz den Wunsch verspürt zu vermitteln, gibt sie ihm nicht nach. Dann lassen die beiden voneinander ab, das imponierende Fauchen verebbt, abklingend wie stummes Gebrüll. Schließlich weiß sich doch jeder im Zaum zu halten. Aber die Sache scheint nicht erledigt. Unbefriedigt trollen sie sich vom Kampfplatz, das Territorium ist noch nicht abgesteckt. Die Junge wendet sich ihrer noch jüngeren Liebsten zu, der Autor einem Bier und dem an der Bar arbeitenden Mädchen.

Der Saal hat sich gefüllt. Wer will erotische Literatur hören oder erleben? Erregt ihre Neugierde. Viele Junge sind gekommen. Sie würde gerne mit diesen Texten eine szenische Lesung vollführen ... Der Saal belebt sich, macht seine Ausdehnung spürbar und wie die Geister sich in seinen Dimensionen entfalten. Sie muss etwas trinken, gesellt sich zum graumelierten Kollegen, der sie in Biersorten berät. Eine Barmusik zieht an den Nerven, aber nur leicht, dafür ist das Licht angenehm. Während sie das Publikum beobachtet, denkt sie an ihre Texte und wie sie den ersten Ton finden kann für den Einstieg – der ist entscheidend. Nicht zu tief darf er sein, wenn sie in den erotischen Passagen die Stimme noch senken will. Spielraum schaffen. Ein Mann tritt von hinten an sie heran und grüßt, wie schön, ein Bekannter. Die Tische sind jetzt alle belegt, auffallend viele Männer sitzen da, gut aussehende sogar. Sonst sind es meistens Frauen.

Stimme

Sie sagt, ich möchte Ihnen eine kleine Geschichte vorlesen, und beginnt. Vorsichtig spricht sie ins Mikro, das wie ein freundlich erigierter Penis auf dem Tisch schwebt. Da, die ersten Wörter, einige Sätze lang hört sie ihre Stimme fremd – an Schönes denken, an gelungene Auftritte – dann legt sie sich behutsam auf den Klang, dann hinein, bettet ihren Nacken, die Schultern, das Becken, und mit jedem Satz, den sie den Fremden übergibt, dehnt sich ihre Brust mehr, und so wächst Sicherheit. Sie fühlt, wie es warm wird und nach und nach bequem. Ihr Schwindel hat sich gelegt, das Adrenalin eingepegelt. Als stünde sie auf einem Hochplateau. Sie findet den richtigen Ton im Schweigen, aus dem er sich sachte herausschält. Das Schweigen stellt sie sich wie Flüssigkeit vor, in der eine Perle aus Öl schwimmt. Aber die Flüssigkeit liegt in ihren Händen und droht herauszurinnen. Darum sind Pausen das eigentlich Schwierige, das nicht Gesagte, die Poesie. Wie bei guten Texten. Ähnlich hat Brinkmann gedacht, der ihr plötzlich einfällt und sein Tod in London – warum wird er überfahren ... Weiter, hier und jetzt. Das Publikum rutscht in die Ruhe wie ein gleichmäßiger Brei. Niemand trinkt geräuschvoll oder hustet, auch sie fühlt ihre Kehle glatt, muss sich nicht räuspern. Allmählich entsteht eine Aufmerksamkeit, die an ihren Worten hängt, an ihrem Mund, ihrer Zunge, eine kleine Menge Menschen lässt sich von der Stimme mitnehmen und führen, willig die Hände in die Hand ihrer Stimme gelegt. Und die Stille, die sich unter dem Lesen ausbreitet, klingt tatsächlich nach der Stecknadel, die man fallen hören könnte. Kaum wahrnehmbar – eine so große Spannung ertrüge sie gar nicht. Dazu fehlte ihr der schauspielerische Eros, dieser innige Wunsch, sich auszustellen und das Publikum zu bannen. Auch eine Art der Verführung. *Sie* möchte ihm nur ihren Text anvertrauen, ein Körnchen Saat ausstreuen. Bei erotischen Geschichten ist die Saat eine besondere, und sie lauscht gespannt, ob sie aufgeht. »Er kam jeden Mittwoch, war direkt und charmant«, liest sie, guttural, als die Tür aufgeht und ein verspäteter Besucher eintritt. Ihn nimmt sie sofort wahr. Der Saal hat kurz das Maul aufgemacht, Licht, Luft und jemanden reingelassen, und gleich wieder sein Oval um die rauchige Atmosphäre geschlossen. Nun sitzt da deutlich ein Mann mehr. Bei Lesungen im Flugzeug könnte keiner zu spät kommen. Aber eine Landung gibt es genauso, oh ja! Während sie noch überlegt, wie die schnellste Stelle im Text, das vivacissimo, meistern, noch bevor sie die beruhigenden Flecken im Publikum ausgemacht hat, die ihr wohl gesonnenen Gesichter und Blicke, kleine Inseln, die als sichere Anlaufstellen herhalten müssen, Fixpunkte, Tankstellen für die Leseseele, ist die Geschichte vorbei »Sie wird sich eine andere Wohnung suchen.« Wie ist das möglich!

Applaus. Moderat, aber nicht nur höflich.

Die Anspannung entlässt sie aus ihren Armen.

Nein, Wasser steht nicht auf dem Tisch.

Später

Später sitzen sie gemeinsam auf der kleinen Bühne, der Autor nun wirklich in der Mitte. Die Diskussion nach der Lesung soll beginnen. Jeder kennt den mühseligen, fast unerbittlichen Akt. Aber irgendwie machen alle das Spiel mit – nach Erotik! Erhoffen sie sich heute, in diesem Boudoir, etwas Besonderes? Erwartung ist spürbar.

Eine junge, gestylte Frau hebt den Arm und fragt zum letzten Text:

– Ist das ein bestimmtes Café in Berlin, was Sie beschreiben?

Jetzt erst sieht sie, dass es eine bekannte Berliner Autorin ist – wie kann sie so was fragen, muss etwa das Eis gebrochen werden? Sie sieht die gesträubten Nackenhaare des Autors neben sich, als die Befragte charmant antwortet. Nein, das Café gibt es nicht mehr, und diese Information scheint die Geschichte gnädig der Vergangenheit, an die Milde der Fiktion zu übergeben. Besser, um die dichte Atmosphäre vom Fick im Lagerraum nachwirken zu lassen. Sie nimmt einen Schluck aus der Bierflasche des Kollegen, die einzige in Reichweite. Dass sie auf einer Bühne aus der Flasche trinkt, ist für manchen sicher eine anregende Geste.

– Sind Ihre erotischen Texte Fantasien, Wunschträume, die Sie gerne ausleben würden, oder sind es Erfahrungen?

– Das ist unterschiedlich. Meistens habe ich erst Bilder im Kopf. Mal gehen Erfahrungen mit ein, sicher Vorlieben, Fantasien vielleicht auch. Aber die Dinge sind ja nicht eins zu eins.

Die Frage berührt sie. Wie ist es denn wirklich? Was gibt sie von sich preis? Wo endet das Handwerk, und wann fangen die echten Wünsche an. Diese Texte zu schreiben bedeutet etwas anderes als Kontaktanzeigen aufsetzen. Wollen die Leute wirklich ihre Fantasien wissen, wie sie es am liebsten hat, richtig genommen werden, die Gier, der Schmerz, geliebte dreckige Unterwerfung ... Interessiert sie das?

So könne man über Literatur nicht reden, hört sie gerade den Autor murren, und dem muss etwas vorausgegangen sein, während sie an eine dicke Bewegung von hinten dachte, oh wie wohl, wie geil, wie schön die Erinnerung daran. Sie will sich gar nicht verweigern. Verdammt, sie sitzt doch hier auch zu ihrem Vergnügen.

– Jeder Text ist autobiografisch!, sagt sie und lächelt, reichlich maliziös. Ihre Lieblingsvorstellung, viele Männer zu genießen, ließe sich mit diesem Publikum doch ... darüber könnte sie mal was schreiben.

– Finden Sie sich erotisch?

Hat sie richtig gehört? Die Frage kam aus dem Dunkel einer hinteren Ecke. An der Stimme erkennt sie einen bekannten Schauspieler, der ihr in der Pause ein Kompliment zum »intimistischen« Lesestil gemacht hat. Sie sind derselbe Jahrgang, vertrautes Gefühl, er war schon als Teenager ein Fernsehstar, ein Idol. Gealtert findet sie ihn interessanter. Vielleicht will er der Diskussion unter die Arme greifen. Was soll sie darauf sagen!

– Ja, natürlich, meint die junge Autorin süffisant lächelnd.

Die hat bestimmt auch Humor im Bett.

Noch eine Wortmeldung.

– Würden Sie sich an Ihren Texten messen lassen?

Das war direkt an sie gerichtet. Nun wird es spannend. Eine Hitzesäule steigt in ihr auf. Wer fragt das? Ach, der junge Mann, der zu spät kam – das im Halbdunkel leuchtende Gesicht –, der in den Raum eindrang und ihn allein mit seiner Präsenz nahm! Ein Mann.

Sie möchte antworten, aber der Autor kommt ihr zuvor. Dann, als sie beginnt, fallen ihr die Sätze aus der Mitte, die Gedanken verlieren an Konturen, werden ungenau. Sie fühlt die Verunsicherung deutlich, was aber weniger schlimm ist, als erwartet. Sie muss niemanden überbieten. Eine Irritation bleibt, aber eine gute, wie bei neuem Sex.

Beim Italiener fließt die Stimmung, launig wie Spumante. Die Arbeit ist vorbei, aber nicht der Abend. Gutes Essen steht auf dem Tisch, an dem noch viele sitzen, der Wein schmeckt.

– Eigentlich bin ich gekommen, um diese Frau kennen zu lernen, er deutet auf die Salon-Dame.

– Und?

– Na ja, Wünsche verändern sich eben! Oder das Ziel.

– Gehen deine Wünsche immer so schnell in Erfüllung?

– Nein. Normalerweise nicht. Vielleicht habe ich heute Glück, sagt er mit einem Lächeln und ergreift seine Lucky Strike-Packung, zieht eine heraus, führt sie an den Mund und zündet sie an. Seine Bewegungen sind so lasziv, geschmeidig und lässig, dass ihr Körper sofort versteht.

Er saß entfernt. Vier Blicke haben sie getauscht, hinweg

über die Leute an der langen Tafel. Erst aus Sympathie zur Kenntnis nehmend. Wie zufällig dann, verdutzt und neugierig – dass sie im selben Augenblick ihre Widerhaken warfen, mit spielerischer Note. Gezielt platziert war der dritte Blick, ein gespanntes Befragen, wie weit das Spielchen gehen wird und ob es beide so sehr wollen – wie sie diesen Mann will. Und im letzten Schauen, noch getrennt an den Ufern des Tisches, bestätigen sie ihre Lüsternheit: bald, bald wird sie erfüllt.

– Bist du aus Berlin?
    – Nein, ich komme aus Hamburg. Aber Berlin fand ich immer schon toll, bin früh hierhin gegangen.
    – Und was treibst du so?
    – Ich arbeite beim Film.
    – Ah, vor oder hinter der Kamera?
    – Ich spiele die Bösewichte, den Schurken, sagt er in der Bar.
    Sie lehnen am Tresen, alleine, der literarische Hofstaat ist nach Hause gegangen. Nachdem ihr die Königin all die echten Blumen überreicht hat, und sie sich mit dem Strauß wie ein üppig beschenktes Mädchen vorkam. Jetzt prangt das Kompliment pastellfarben neben ihnen. Die Atmosphäre ist wie in guten Bars: cool und mehr als unterschwellig sexy. Passend zu der Anziehungskraft seines Körpers, der sich mit ihrem unterhält, lustvoll und vertraut. Sie mag nicht mehr reden und sagt es. Und so schweigen sie, gemeinsam, und es ist wie eine obszöne Einigung, unglaublich geil in ihrer Klarheit. Getragen vom Reiz des Durchspielens, immer wieder die Vorstellung durch den Kopf ziehen, wie es mit ihm sein kann, ziehen wie erstklassigen Puder, gleiten lassen spielen ... Sie weiß nicht, ob das schärfer ist und es genau zu wissen, oder das Schweigen.
    Die Zigaretten sind ausgegangen. Er lässt sich das

Holzkistchen bringen mit einer betörenden Anordnung von Rauchwaren, Blättchen, Streichhölzern. Dass es keine Kondome enthält, findet sie stilvoll. So wie seine Art, sich über die Auswahl zu beugen – Lucky Strike ist dabei – und das unverkennbar rot-weiße Päckchen zu greifen. Dabei berühren sich ihre Flanken, dass es schmerzt. Es wird gut sein!

Er führt das nächste Glas an den Mund, spitzt die Lippen. So ähnlich hat sie sich den göttlichen Marquis vorgestellt. Jedenfalls nach diesem einzigen, oft gedruckten Bild von unbekannter Hand: Überdimensionale Augen dominant im schmalen Gesicht und als viel reizvollere Öffnung steht der Mund da, ebenso lächelnd, mit seinem wunderbaren Venusbogen. Oder nein, es ist der Haaransatz, an dem sie sich gleichen. Ja, die nach hinten gebürstete, wellig widerspenstige Haarpracht!

In ihren Blick schiebt er seinen Mund, zieht sie an sich, an sein Becken, auf dem das kleine Tier sich schon erhoben hat.

Wie gut, dass es Instinkte gibt!

Küssen ist viel zu wenig. Verschlingen saugen einverleiben … aber wie soll das gehen hier. Als er zum Glas greift, öffnet er mit der Linken seine Hose. Oh wie ist das auszuhalten, wo sollen sie der Lust noch widerstehen.

Ja, und sie streichelt ihn, und während die Mädchen sich hinter der Theke hantierend bücken, beugt sie sich herunter und ihr Mund flirtet mit dem erhabenen Prinzen. Wunschwulst. Beglückend, auch weil öffentlich.

Das ist nur Vorgeplänkel, Wetterleuchten einer anstehenden Entladung, sie spürt es voraus wie bodennahe Tiere das Erdbeben.

Dazu spielt er das Spiel aus *Turandot*, errätst du meinen Namen bin ich dein! Bloß mit Sternzeichen. Es gefällt ihr, diese Gefilde meiden Männer häufig. Sie ist erregt und er im Vorteil der Jugend. Zwölf Jahre Unterschied, aber der poltert nicht im Gefälle, vielmehr erhöht er die Lüsternheit. Noch ein Spiel im unendlich scheinenden Horizont der Spiele, und diesmal mimt er nicht den Bösewicht.

– Und warum rauchst du Kette?
– Na ja, Mann-Frau-Probleme.
Für diese Antwort liebt sie ihn.

Sie plinkert, du trägst Linsen, sagt er, in seinem Blick schwingt Wiedererkennen. Wie ruhig er den Anzug, sein T-Shirt auszieht, nicht wie im Film, sondern bei ihr. Straff sein Körper, ihre Lust ist größer als der Atlantik und so nuttenhaft, dass sie jede Furcht um ihre Mängel und ihr Alter vergisst.

Er flüstert: Es wird gut, ja, es wird gut!, schon in dem kleinen weißen Zimmer in Kreuzberg.

Nicht der leiseste Zweifel könnte ihr Verlangen streifen.

Das Bett ihrer Gastgeberin hat sie aufgenommen wie vorher das Taxi, aus dem sie in letzter Sekunde den Strauß barg, einige Rosenblätter verloren auf dem Rücksitz. Um das Bett liegt der Kranz aus Kleidern.

Seine Brustbehaarung fließt in Linien, eine Mischung aus Muster und Skulptur, beides umwerfend attraktiv. Sie möchte sich reinlegen und mitnehmen lassen vom Fluss dieser Linien in sein junges Leben.

Sie tun es, machen ein eigenes junges Leben daraus, gezielt und hemmungslos – eher intensiv als wild. Als er kommt, sieht sie in sein sich auflösendes Gesicht. Er hat sich vergessen in ihr.

Hier gibt es Wasser. Sie trinkt, er nimmt ihr die Flasche aus der Hand, trinkt und gießt ihr Wasser zwischen die Brüste, es läuft, spült Scham und Arsch und ihre Liebesspuren auf das Betttuch, das nass bleibt wie ihr Herz.

Dann geht er aufs Klo, sofort zieht das Gefühl von – er ist draußen – in sie ein, und im Türrahmen treffen ihre getrennten Körper endlich wieder zusammen, streifen nackt aneinander vorbei. Auch sie muss mal und will die Linsen herausnehmen. Sie kommen jetzt vielleicht zur Ruhe. Auf dem Rückweg durch die große Küche sind die Konturen weich wie Honig, aber ihr Wunsch, mit ihm zu liegen, ist gestochen scharf. Sie hat schon ein Lächeln auf den Lippen, als sie ins Zimmer tritt, und es ist leer!

Danach

Wie ist es, wenn man sich nicht verabschiedet, sich nicht verabschieden kann. Natürlich lässt es falsche Hoffnungen schlafen, erspart die Suche nach dem stilvollen Abgang. One-Night-Stand. Urform einer Liebesgeschichte – kleiner Mythos. Sie hat mal geschrieben, *Intimitäten sind einmalig*, und jetzt weiß sie es!

Einmalig intim – ein Lucky Strike versprüht seine Funken nur in der einzigen Nacht! Und doch denkt sie an die Fäden, die sie zwischen ihren beiden Städten zögen, die Spur, das Hören der Stimme, Fahrten und Brücken, das Gleiten der Züge, sehnsuchtsvolle Räume zwischen vielen, vielen One-Night-Stands, immer wieder mit demselben … nur nicht zur Kette erklären.

In ihrem Untergrund geht es weiter. Der Körper schmerzt vor Abstinenz. Alles. Die Spur ist gelegt, das lustvolle Erinnern. Sie sitzt im Zimmer, und Schauerwellen spülen in ihr an, bei den Küssen. Das Glück platzt herein durchs Erinnern. An die Küsse auf das Herz ihres Arsches. Wie er ihn nahm, seinen Schwanz behutsam lenkte mit feinfühliger, fast weiblicher Umsicht, den heftigen Wunsch tragend ohne ihm seine Gier zu nehmen. Zart und kraftvoll. Ohne Fragen. *Dreifachfrau* hat er ihr ins Ohr gesagt und einen Strom Wonne in sie gegossen, indem er zeigte, wie genau er den Geschichten zuhören kann. Ein neuer, subtiler, ganz großer Genuss, der lange nachwirkt, das Glück noch nach Wochen durch ihre Seele treibt. Immer wieder diese Szene. Davon zehrt sie. Endlosschleife, Schlaufe, Rund, kreisrund wie das Rot auf seiner Lucky Strike. Glücklicher Schlag, heißt es. Und als er begann, sie auf den Arsch zu schlagen, von rechts und links, spielerisch, wie die genervte Eleganz dem Tölpel die ledernen Handschuhe um die Ohren haut, da verspürte sie zum ersten Mal Lust an diesem Spiel. Und es wurde zu einem Kinderspiel mit brandneu erfundenen Regeln, das man wunderbar gemeinsam macht, und plötzlich ist das Spiel gar nicht mehr so wichtig wie die aufregende Wirklichkeit dahinter, das Gefühl von sich verbinden, vertraut – glückseliges Erinnern.

Ich denke auch an ihn, wie er weiter Kette raucht bei seiner Frau, täglich aber unglücklich – seine Schwingen trugen zu weit, uns beide so hoch. Warum nahm er mein Innerstes, meinen Tod, meinen Arsch? Aus Lust? War es Verhütung, Erniedrigung, weil er ihn immer nimmt, oder um sagen zu können, keine Möse angerührt? Ein Schurkendarsteller. Ich bilde mir ein, er kennt meine Vorlieben, instinktiv, hat mich gefühlt, verstanden, begattet …

Er fragte doch – würden Sie sich an ihren Texten messen lassen?

Reisefieber

Als sie im Taxi sitzt, beginnt es zu regnen. Die Zeichen stehen günstig, obwohl der Berufsverkehr an diesem Februarmorgen heftig ist. Wogt gegen ihre Ungeduld. Immer wieder muss sie auf die Uhr schauen, nimmt aber nur den größer werdenden Winkel der Zeiger wahr. Er öffnet sich langsamer als befürchtet, und so wird sie den Zug noch erreichen. Ihren Zug. Für ihre Reise.

Seit ihrer Kindheit hat sie eine Reise nicht mehr in solche Aufregung versetzt. Damals, alleine von Düsseldorf nach Königswinter fahren, mit Kribbeln, dem Erwachsenengefühl im Bauch und bei der Ankunft der Blick auf den Drachenfels. Das Glück strömt auch jetzt wieder im Körper, es hämmert vom Kopf bis ins Herz ihrer Schenkel. Die weiche Polsterung spürend, rückt sie in eine bequemere Haltung. Wenn sie doch schon im Zug säße! Als ihr ein Gähnen im Hals schwillt, muss sie es rauslassen. Sie reckt sich und die Druckknöpfe des Bodys geben mit drei feinen *Plicks* nach. An der Ampel wirft der Taxifahrer einen Blick zu ihr nach hinten, nicht abschätzig, eher fragend, ob sie gesprächig aussieht. Er hat buschige Augenbrauen und Knoblauch gegessen. Dann dreht er sich wieder um, schaut sie kurz im Rückspiegel an, ohne etwas zu sagen. Darüber ist sie froh. Jetzt Belanglosigkeiten austauschen, käme ihr vor wie ein Verrat.

Sie lehnt sich zurück, der Verkehr lärmt in seiner Unordnung. Es ist angenehm, trocken im Auto zu sitzen und unbekümmert. Taxifahren gefällt ihr. Erhebender kleiner Luxus, meistens mit Ereignissen verbunden. Sie fühlt sich an Kutschen, Karossen erinnert, an Western, an lange

Wege auf geraden Straßen, an eine gewisse Ordnung der Kasten. Es ist reizvoll, in Zeiten des Car-sharings in die Pose überholter Herrschaftswelten zu schlüpfen. Natürlich gibt es keine Sklaven mehr oder Untertanen, und dennoch gehören die Menschen, die jenseits der nassen Scheiben unterwegs sind, einer anderen Welt an. Drinnen und Draußen. Der Kutscher, dem einsamen Wind auf seinem Bock entkommen, darf jetzt im Inneren mitfahren. Sie mag diese kurze Gemeinschaft von zwei Unbekannten, die nur deshalb nichts Intimes hat, weil die laufende Uhr für klare Verhältnisse sorgt. Ein roter Punkt blinkt am Radio – jetzt ist es neun – am Ende der Straße taucht endlich der Dom auf.

Als der Fahrer das Geld entgegennimmt, lächelt sie zum Ausgleich für ihre Einsilbigkeit. – Vielen Dank auch, sagt er und sieht viel jünger aus. Zeit für eine Quittung bleibt nicht, und es erfüllt sie mit einer Art Genugtuung. Ihre Reise gehört nicht der organisierten Welt an, dem Berechenbaren, sie ist ihr privates Vergnügen, und unvergleichlich. Sie ist doch auf dem Weg in eine andere Welt.

Vor dem Bahnhof, muss sie sich Platz schaffen, durch die verschiedenen Geschwindigkeiten, Berufstätige, Reisende, Pendler, Penner, es riecht nach Reibekuchen und Bier, vor allem nach Kaffee. Der Regen hat aufgehört! Viele Leute an einem Freitagmorgen. Sie laufen wie aufgezogen, sind unterwegs ins Einerlei, in den Arbeitstag, zu unbedeutenden Erledigungen. Kaum einer wirkt gelassen oder nur ein bisschen zufrieden, ihnen fehlt die Hoffnung auf Verlockendes. Die Vorstellung, mit einem von ihnen zu tauschen, lässt sie aufschrecken. Schnell weiter! Schnell in ihr tröstliches Land, in dem sich das Glück räkeln wird.

An den Schwingtüren bilden sich Menschentrauben, und sie schaut zu den Türmen des Doms hinauf. Schwindel erregend hoch ragt der Sandstein in den Himmel, der

Bahnhof daneben ist winzig, winzig. Wie schwer die Tasche an ihrer Schulter hängt – sie hat doch gar nicht so viel mitgenommen. *Ja, ja, das sagen sie alle*, hört sie den Chor der Männer unken. Auf welchem Gleis fährt der Zug? Sie sucht die Anzeigetafel ab. Alles flattert. Wo steht es denn! Da: Zürich! Magischer Ort. Er verbindet den Süden mit dem Norden, die Mitte zwischen Genua und Köln. Ihre Mitte. Eine Woge Aufregung rollt an. Es ist wahr! Sie hat tatsächlich eine Verabredung, lang ersehnt und vielversprechend. Nur noch wenige Minuten bis zur Abfahrt! Schafft sie es noch, eine Zeitung zu kaufen? Nein, die Zeit ist zu knapp. Besser so! Sie möchte nur Zugfahren und die Dinge hinter sich lassen. Die Landschaft teilen in rechts und links, Menschen und Orte, die vielen kleinen Stationen des Lebens sehen. Und am Ende liegt dann auch ein Stück ihres Lebens. Sie will der Pfeil sein, elegant abgeschossen und mitten im Herz soll er landen.

Plötzlich spürt sie die geballte freudige Erwartung – wie Energie aus einem aufspringenden Kern. Sie nimmt es körperlich wahr, das Ziehen der Sehnsucht, und sie weiß, dass sie erfüllt wird und wann. Sie erlebt gerade die Spanne zwischen Erinnerung und Erfüllung. Ja, endlich würde sie ihn wieder sehen! Ihr drittes Wiedersehen, nach so langer Zeit, so vielen Telefonaten und Briefen … Seine Nähe, seinen Körper fühlen in der Umarmung, ihn riechen … Augenblicklich würden sie von Verlangen gepackt und könnten dann mit der Lust spielen, keck ihre Erfüllung rauszögern, prickelndes Zerren, was sie jeden Moment unterbrechen könnten, um sich der Gier ganz und gar zu überlassen! Aber erst dann, wenn sie es wirklich, wirklich nicht mehr aushielten. Vor lauter Verlangen würden sie gar nicht wissen, wo anfangen im Wirbel der Genüsse. Schon ein Kuss träte sie los, die Lawine. Als sie sich das zweite Mal wieder sahen, war sie so weich, aufgerissen die Bereitschaft und jede Öffnung hatte nach Befriedigung gerufen. Allein die Vorstellung raut die Nerven auf. Er wird auch dieses Mal fragen, wo sie ihn zuerst empfangen möchte, und sie weiß schon, dass sie dieses verwirrende *überall* fühlen und antworten wird, aber dann doch einem Wunsch den Vorrang gäbe, ohne es auszusprechen. Oder ihn selbst drängt es nach einem Lieblingsentree, würde es ihr ins Ohr flüstern – wie sehr liebte sie sein obszönes Geflüster – während er bereits anfinge und ihr gar keine Wahl mehr bliebe. Und dann wäre es genau da und genau so, wie sie es heimlich gewünscht hatte. Ach Sergio, heute Abend fängt das Leben wieder an!

Auf dem Bahnsteig zieht es. Die übliche kalte Luft an Schienensträngen, die durch das Graublau der Abschiede weht. Ihren ersten Abschied haben sie auf einem Schweizer Bahnhof erlebt, völlig eingetaucht in dieses Meer, das frisch Verliebte beschwimmen, Autisten, die keinen Blick mehr haben, für nichts und niemanden, nur Küsse, Wünsche und Küsse. Oh, sie möchte ihn sofort küssen, küssen, küssen. Seine Lippen spüren, von ihren trockenen Sicheln in die Höhle des Löwen vordringen, die feuchte Hitze genießen, so neutral im Geschmack und doch ein kleines Wesen, das sich bewegt und tastet, schmeckt und saugt. Er hat die leckerste Zunge, die sie je geküsst hat. Küssen auskosten … Jetzt dröhnt die Ansage kölsch gefärbt aus dem Lautsprecher. Es ist soweit. Endlich, sie kann einsteigen, einen Platz suchen und sich dann nur noch fallen lassen, sechs Stunden im sanften Zucken des Zuges.

Er fährt langsam ein. Als der gefächerte Luftrhythmus immer schleppender wird und sachte erstirbt, ist ihr schlagartig klar: Jetzt hat sie noch alles vor sich, die Zugfahrt, das Wiedersehen, die drei Tage mit ihm, und bei ihrer Rückkehr wird sie sich haargenau an diesen Mo-

ment erinnern, wenn sie aus dem Zug steigt mit der
Trauer, dass nun alles wieder vorbei und ihre Liebe wieder getrennte Wege geht. Sie wird sich an diesen Augenblick erinnern, als sei er gerade erst gewesen, als läge
zwischen dem Alles, das sie jetzt beflügelt, und ihrer
Rückkehr nur ein Bruchteil der erlebten Zeit. Aber vielleicht wäre sie dann eine andere …

Da ist es wieder, das Saxophon. Der elegische Ton des Sa-
xophons. Er versetzt sie in die Zeit, als die Mädchen mit
tiefschwarz umrandeten Augen und toupierten Frisuren
ihren großen Bruder besuchten. Sie stöckelten in Anthra-
zit und Schwarz vorsichtig die Treppe hoch, um unbemerkt, oder wollten sie gesehen werden, zu der verlo-
ckenden Mansarde unterm Dach zu kommen – Ort der
Freiheit in einer bescheidenen Zeit. Ihr war dieser Klang
ein einziges Drängeln unerfüllter Wünsche wie Twinsets
aus Angora, enge Röcke, hohe Schuhe, ein Zehnplatten-
spieler und vielleicht sogar ein Freund mit Moped … darauf lebte sie hin, voller Sehnsucht. Und es gab noch etwas,
und es hatte mit den schwarz trunkenden Lidstrichen zu
tun, mit Körbchengrößen und dem Geruch von Mutters
Hüfthaltern im Wäschekorb. Es waren die Bewegungen
der Frauen, die sich veränderten, wenn ihr Vater, überhaupt Männer in der Nähe waren. Etwas, von dem sie
eine ganz vage Vorstellung hatte, das in dem Niemands-
land lag zwischen der Winnetouwelt und dem zweistim-
migen Gelächter hinter geschlossenen Türen. Als gäbe es
Zeiten nebeneinander. Warum war bloß alles, alles eine
Frage des Alters. Wie gut sie sich auch versuchte zu
schminken, unter dem Rot des Lippenstifts, unter dem
fleischfarbenen Puder ihrer Mutter schimmerten die weichen Gesichtszüge der Jugend durch. Für ihre Wünsche
wäre sie vielleicht in ein, zwei Jahren alt genug, aber dann
wären diese Frisuren und engen Röcke bestimmt nicht

mehr modern. Während sie in Söckchen und Halbschuhen steckte, hörte sie das Klappern der Stöckelschuhe auf dem Sommertrottoir. Das Saxophon sang ihr von der fernen Erfüllung jetzt, jetzt...

– Jetzt steigen Se doch mal ein!

Während der Zug den Rhein entlangsaust, kommen die Bilder wieder. Sergio, der da steht und ihr auffällt – die ganze Geschichte. In der Berghütte beim Frühstück ist sie dabei, als er zwei junge Frauen begrüßt am langen Tisch, sich weit über die Tischplatte beugend. Mit eckiger Bewegung. Er wirkte wie jemand, der nicht gerne auffällt. Aber diese Umarmung mit abgeknicktem Oberkörper über den Tisch hinweg fiel sofort auf. Dabei schien er kein besonders herzliches Verhältnis zu den beiden Italienerinnen zu haben. Ein kleines Unbehagen im Lächeln. Sie tauschten ein paar Sätze aus, er berührte mit den Fingerspitzen ganz leicht den Tisch dabei, so als übe er einen schwierigen Akkord auf dem Klavier. Aber es sah mehr so aus, als hielte er sich an der Tastatur fest. Als er die Hände plötzlich vom Holz löste, erschrak sie.

– *Ciao Sergio*, gellten die Frauen in diesem niedrigen Raum, gar nicht zum Rufen gemacht, und er schaute schmaläugig in die Runde, ganz kurz, während er etwas verloren dasteht in seinem roten Fleecepullover. Die Leute sind mit Kaffee und Eiern beschäftigt, mit der geplanten Bergtour, wehen Füßen, den Kindern und ihrem Husten. Angenehm die Gestalt mit den schnellen, dunklen Augen und dieser Spur von empfundener Peinlichkeit in der Haltung, wie bei jemandem, der in eine fremde Gruppe von Menschen kommt. Sie hatte nur *stilles Wasser* gedacht, und stille Wasser sind tief! Als sie gerade wieder ins Honigbrot beißen wollte, tat er es: Die Fingerspitzen auf die Tischplatte legen wie ein Tupfen. Sie starrte gebannt, kein Wimpernschlag dazwischen. Sie konnte gar nicht mehr wegsehen. Als hielte er ihren Blick mit seinen Händen. Vorsichtig mit gespreizt geöffneten Fingern, durchlässig dort, wo die Schwimmhäute säßen, fesselte er ihren Blick, hielt ihn fest. Dann, als er die Hände wegnahm und ging, zerbrach etwas, nicht größer als ein Ästchen. Der Anblick war vorbei, das Zarte daran hatte er mitgenommen.

An seiner Art, den Raum zu verlassen, erkannte sie, dass er nicht zum ersten Mal dort war. Er ging zielstrebig hinaus durch den kleinen kühlen Vorraum, vielleicht, um sich vor dem Haus mit einer Zeitung in die Sonne zu setzen. Die Italiener waren versessen auf die Zeitung, lasen sie aber lieber im Schatten, was morgens auf Tausendachthundert Metern ziemlich frisch war. Wenigstens im letzten Sommer, von dem die Erfahrenen behauptet hatten, er sei ungewöhnlich kalt. Es war jetzt genau ein halbes Jahr her – das wollten sie feiern, in Zürich.

Der Schaffner kommt und kontrolliert die Fahrkarten. Seit Koblenz sitzen zwei Leute in ihrem Abteil, ein älteres Ehepaar. Sie packen Butterbrote und Apfelschnitze aus und essen sie über einer Papierserviette auf dem Schoß. Um ihr Tischchen waagerecht zu halten, stellt die Frau dabei ihre Fersen hoch.

Also, das stille Wasser war aus dem Zimmer gegangen mit ungefederten Schritten, und sie klebte vor Aufregung am Stuhl. Die Tage vorher war es wunderbar ruhig gewesen, sie hatte eine Wanderung zum Bergsee gemacht, dort gelegen, die Füße ab und zu im eiskalten Wasser baumeln lassen und von einem richtigen italienischen caffè geträumt. Sie brauchte nur den Pass runterfahren, um sich diesen Genuss zu gönnen. Später hatten sie es zusammen gemacht und viel gelacht über ihr Italienisch.

Sie war ihm nach draußen gefolgt, hatte die Gäste in

der Sonne sitzen sehen, mit Zeitung oder Buch, Zigarette, Kaffeeschale, Cremetube, an die warmen Steine gelehnt. Er aber war nicht dabei gewesen! Auch nicht später, als alle, dem Sonnenstand folgend, ums Haus gerutscht waren.

Die Frau hat die Mahlzeit beendet und wischt die Krümel mit der Serviette vom Rock. Auch das Wegräumen seiner Essensreste übernimmt sie, während er dezent seine Zähne säubert. Ob die beiden sich geliebt haben?

Wie fängt die Liebe an? Wann ist das Gefühl da: mit dem ersten Kribbeln, der Springflut im Bauch, oder viel früher? Sehr lang dehnte sich die Zeit vom Morgen bis zum Abend. Nach dem Nachtessen, wie die Schweizer es nannten, war sie hoch in die Bibliothek gegangen und hatte halbherzig in ein Buch geschaut, müde vom Rotwein. Ihr mit Hirschpfeffer gefüllter Magen stellte ein Ultimatum: Schnaps oder Kräutertee. Sie hatte das Buch auf die Schriftseite in den Spagat gelegt, nach dem zweiten Schuh gesucht, ihn gefunden, war aufgestanden und leise über den Kokosteppich nach draußen gegangen. Die Gästeküche lag unten neben den beiden Aufenthaltsräumen, aus denen Musik ertönte. Sie stellte den Wasserkessel auf die Gasflamme und entschied sich für eine der Teesorten aus den liebevoll beschrifteten Gläsern. Dann war sie raus gegangen, sie wusste, dass es dauern würde – die Geschichte mit dem Siedepunkt in Höhenlagen. Sie war der Musik gefolgt, besser gesagt den aufeinander folgenden Tönen, die verführerisch klangen. Da erkannte sie den Song, *Tears in heaven,* den Eric Clapton für seinen kleinen Sohn geschrieben hatte, den aus dem Fenster gestürzten. Jemand spielte ihn auf der Gitarre und machte es gut, einige sangen. Beim Refrain schwollen die Stimmen zum typischen Grölen ungeübter Chöre. Sie ging etwas schnel-

ler. Als sie den Raum erreichte und hinein sah ... da war
er es, der Gitarre spielte, der Italiener mit dem Fingerspit-
zengefühl. Er brachte diese Töne hervor und das auf der
ramponierten Hausklampfe. Sie hatte ihnen folgen müssen, wie die Kinder aus Hameln. Und jetzt, jetzt traf sie
ihn wieder, den Fänger!

Sie hatte sich angenehm berührt gefühlt, zur richtigen
Zeit am richtigen Ort zu sein. Niemandem war ihre Ver-
legenheit aufgefallen, nur einer aus der Gruppe schaute
und lud sie mit einer Geste ein. Erleichtert nahm sie den
Platz an, fast beim letzten Ton, und fühlte die Röte im Gesicht. Es entstand eine sekundenkurze Pause, dann wurden Vorschläge gemacht, Motive angesungen, in die immer jemand mit einfiel. Das Feuer knackte, ein Weinglas
kippte um, andere wurden geleert, neue Zigaretten ange-
zündet. Kinder gähnten. Und er – sein Name fiel ihr nicht
mehr ein – er improvisierte die passenden Griffe dazu.
Saß da und hielt die Gitarre wie eine Frau. Mitten im
nächsten Lied schaute er sie an! Nein, er betrachtete sie.
Und sie hatte den Blick erwidert, lange. Und während es
geschah, war die Umgebung schwächer geworden, hatte
sich lautlos entzogen, fast wie bei einer Ohnmacht, und in
ihrem Körper war das Drängen entstanden. Sie kannte es.
Ihr Körper war eine Säule aus Wonne und Gier, vom Hals
bis zum Geschlecht, wo sie ihre Kraft bündelte um den
pulsierenden Kitzler. Wunderbar.
 Das Teewasser war vergessen, entstammte einer anderen Welt. Er sang *Ain't no sunshine when she's gone* und
tat es für sie. Nicht aufhören! Sein Name war der Klang
dieser Stimme. Später hörte sie eine Frau *Sergio* sagen
und fand, es passte zu ihm. Wie eine Geste zu dieser großen, geschwungenen Nase, byzantinisch – sie hatte gedacht, er sei aus Venedig, aber jemand meinte Genua, im-
merhin auch eine berühmte Hafenstadt, und Kolumbus

und Paganini waren dort geboren – und zu seinen Augenschlitzen, so schlitzig, dass sie ihn fast für sehbehindert gehalten hatte. Aber er sah gut mit diesen schwärzesten aller Augen, die selten zur Ruhe kamen.

Sergio – das schnelle zischelnde Anfangs-*S* waren diese Augen. Und das *E*, wie sein schmaler Mund, aber nicht fleischlos, ein Vielächler, dann übergehend ins besitzergreifende *O* – sein schöner, bald kahler musikalischer Schädel. Würde man die hervorklingenden Konsonanten *S* und *g* übereinander schreiben, sähen sie aus wie ein Violinschlüssel.

Ein junger Typ hat sich ihr gegenüber gesetzt. Dunkelhaarig, Lederjacke und auf unbestimmte Art ernst. Er ist ohne Gepäck und schaut aus dem Fenster. Vielleicht saß er in der ersten Klasse und musste von dort verschwinden. Den Anschein, als wolle er seine Eltern oder Familie besuchen, erweckt er nicht gerade. Er schaut aus dem Fenster, den Kopf leicht angelehnt. Der schmale Mund steht unbeweglich.

Sergio macht seinen Mund immer weit auf, beim Essen, beim Singen, beim Küssen. Sie erinnert sich noch so gut. Zwei Nächte haben sie nebeneinander im Schlafsaal gelegen, gegenseitig ihr Atmen belauscht, im Dunkeln alle Signale empfangen, gespannt. Morgens war er immer schon weg. In der dritten Nacht spürte sie plötzlich seinen Arm ganz sachte an ihrer Seite. Und sie hielt dagegen. Wie zwei Pferde, die man Flanke an Flanke führt. Sehr langsam hatte sie ihren Arm in seine Richtung bewegt, die Ellenbogen berührten sich und dann ihre Hände. Die Küsse, die folgten, würde sie nie vergessen. Bis zum Morgengrauen küssten sie sich, verlangend und nass und voller Gier. Von ihrem so großen Liebeshunger hatte sie nichts geahnt. Als das Licht heller durch das schlichte Zimmer glitt, hatten sie sich angeblinzelt und lachen müssen. Und sie war ganz schwach vor Erregung. In der nächsten Nacht schlichen sie ins Krankenzimmer und waren alleine.

Der Typ gegenüber schaut sie plötzlich an. Sein Blick ist ruhig und ziemlich direkt. Pure Intimität. Ihr ist nicht aufgefallen, dass er nicht mehr hinaus schaut, sondern sie mustert. Wie lange schon? Ist es dreist? Er starrt zwar nicht auf ihre Bluse – sie hat sie bei der Wärme aufgeknöpft – aber sein Blick wirkt so, als wüsste er genau, woran sie gerade gedacht hat. Scheint es gespürt zu haben. Ja, sie ist sicher, dass er die Gedanken an Sergio, an seine Berührungen und Küsse gesehen hat und auch ihre Weichheit im Becken. Er registriert ihren Blick, hält die Augen auf sie gerichtet, aber sie muss gleich wieder wegsehen, schnell, sonst verrät sie sich.

Nein, das ist doch Unsinn, so was gibt es nicht. Sie schaut ihn nochmal an. Er hat tatsächlich einen Anflug von Lächeln im Mundwinkel. Süffisant sieht es aus. Sein Gesicht bekommt etwas Jungenhaftes dadurch. Wie alt er wohl ist? Sie kannte einen polnischen Tänzer, er tanzte sehr gut, ihm ähnelt er etwas. Nur diesem Mann hier wäre Tanzen nicht genug. Immer noch sieht er sie an, jetzt holt er Luft:

– Ich weiß, woran Sie gedacht haben.

– Wie bitte?

– Ich kann mir vorstellen, wo Sie gerade in Gedanken waren.

– Wie kommen Sie darauf?

– Ich hab Sie angeschaut.

– Ja, das hab ich wohl gemerkt.

– Soll ich's Ihnen sagen?

– Das ist doch absurd.

– Aber ich weiß es! Ich kann's ihnen erzählen, wenn sie wollen.

– Und wenn ich das gar nicht will.

– Na ja, vielleicht nicht gerade hier.

Er lässt den Blick schnell zu dem Ehepaar wandern. Die Frau blättert in einer Zeitschrift, der Mann schläft.

– Wir könnten rausgehen.

Ja, er ist dreist! Und ihr ist heiß. Sie möchte diesen sicheren Ort nicht verlassen. Was dem Mann einfällt. Er ist verwegen, das reizt sie. Sie betrachtet ihn wieder, diesmal genau. Das rote Hemd leuchtet. Oben gucken schwarze Haare raus. Er hat schöne Hände, sehr kräftig mit dunkelblauen Adern und ebenfalls behaart. Sie sehen bestimmend aus, als sei er ein guter Liebhaber. Vielleicht auch ein Mörder.

– Du hast an deinen Lover gedacht!

– Wieso?

– Weil du an deinen Lover gedacht hast, oder hast du etwa zwei?

– Mindestens!

Sie stehen nebeneinander auf dem Gang. Wie sind sie bloß da hingekommen? Irgendwie hat der Typ es geschafft, sie bis hierher zu locken. Sie sind aufgestanden, der Ehemann wurde wach, und einfach an allen Kojen des Großraumwagens vorbeigegangen. Keinem ist irgendetwas aufgefallen, was auch. Beim Gehen hat sie die feste Hosennaht an ihrem Schlitz gespürt, der Kitzler in Aufruhr. Sie ist frisch rasiert – Sergio mag das. Der Body ist ganz hoch gerutscht, noch ist sie nicht dazu gekommen, ihn wieder zu schließen. Der Mann steht dicht neben ihr, er riecht nach Tabak und Rosmarin und redet leise weiter.

– Stimmt's, du hast dir vorgestellt, wie er dich küsst und wie es dich anmacht, wie er deine wunderbaren Titten anfasst und wie deine Beine weich werden, während er dir die Brustwarzen streichelt und knetet …

Von der Seite guckt er. Sergio redet auch gerne obszönes Zeug, aber zurückhaltend, fragt sie manchmal, ob es ihr gefällt. Doch, eigentlich ist es sehr reizvoll. Aber ... Der Mann schaut sie an. Neben dem Dreisten, dem Verwegenen sieht sie noch etwas anderes in seinen Augen, etwas, das unter seiner Sprache liegt, dicht hinter den Wörtern. Es hockt da wie ein trauriger Junge, voller Verlangen und die Wörter dienen ihm als Mantel.

– O.k., richtig geraten!

– Siehst du! Und dann sagt er zu dir: »Komm Baby, zeig mir, wie geil du bist.« Er weiß genau, dass es dich anturnt, wenn er so mit dir redet. Und wahrscheinlich hast du dir auch vorgestellt, wie er die Hand langsam zwischen deine Beine gleiten lässt und erstaunt deine Nässe spürt und denkt, sie hat ja schon darauf gewartet! Und hast ihm deine Möse entgegengereckt. Und dann hast du gemerkt, dass ich dich anschaute, und alles war zum Teufel. So war's doch, oder?

Ein Fremder, der ihre Gedanken errät und sie dann noch anmacht. Und in ihm steckt ein Junge, fast noch Kind, doch sein Körper, der ist schon groß und männlich. Als sei er zu schnell gewachsen und die neuen Wünsche unerträglich. Dunkel sind diese Wünsche, drängend, sie wollen raus zu allem, was Frau ist. So lange schon trägt er sie in sich, und es schmerzt, wenn er sie nicht frei gibt. Sie spürt es genau.

– Und ich hab dich dabei unterbrochen!

– Na ja, so kann man's auch nennen.

– Ich möchte aber solche Gedanken nicht unterbrechen. Du musst sie weiter träumen.

Er macht eine Pause. Sie fühlt sich angezogen. Dann berührt er ihren Oberarm, erfasst ihn leicht mit der Handfläche:

– Und ich will dir dabei helfen!

Seine Augen flammen. Der Junge ist nicht mehr zu sehen. Helfen – sie weiß, was er meint, auch, was es bedeutet. Und auch, dass er es kann.

Aber Sergio, Sergio wartet am anderen Ende.

Dieser Mann hat keinen Namen, doch sie kennt sein
Verlangen und es ist auf sie übergegangen, augenblicklich.

Die Toilette ist sauber in der ersten Klasse. Er steht vor
ihr, sie in seinem Blick. Er haucht auf die Hände, wärmt
ihr das Hemd an, die Brüste. Er drückt sie auf den Wasch-
tisch, beugt sich über sie, küsst sie heftig in die Kuhle neben dem Schlüsselbein, schüttelt seinen gelockten Kopf
hin und her. Heiß ist sein Atem. Die gelbe Bluse öffnet
sich, er saugt und schüttelt sich wie eine Hummel überm
Mohnblütenkelch. Sie hört das Verlangen schlagen in seinem Männerkörper, will das Kind erlösen. Er soll sie haben, als Frau, er soll in sie hineinwachsen jetzt und ganz.
Sie reißt alles auf und er beginnt zu lodern.

In Zürich steht Sergio auf dem Bahnsteig. Sie geht auf ihn
zu mit schmerzender Mitte. Er ist ein wenig kleiner, als sie
ihn in Erinnerung hat.

SERIE PIPER

Geschichten zum Rotwerden

Über die wichtigste Sache der Welt. Herausgegeben von Sabine Blau. 286 Seiten. Serie Piper

Geschichten über Sinnlichkeit und Begehren, Geschichten vom Sichverlieren oder davon, wie frau die Oberhand behält – von sechsundzwanzig Autorinnen, die alle ihre eigene Vorstellung davon haben, was angeblich die wichtigste Sache der Welt ist. Für diese Anthologie schrieben Renate Daimler, Karen Duve, Gaby Hauptmann, Doris Lerche, Susanne Mischke, Franziska Stalmann, Regula Venske, Maike Wetzel, Gabriele Wohmann und viele andere.

»Alle Hexerei entspringt fleischlicher Lust, die bei Frauen unersättlich ist.«
Jacob Sprenger, Hexenverfolger, 1487

Männer-Geschichten zum Rotwerden

Über die wichtigste Sache der Welt. Herausgegeben von Sabine Blau. 252 Seiten. Serie Piper

Männer-Geschichten über Sinnlichkeit und Begehren. Zweiundzwanzig Autoren haben sich Geschichten zum Rotwerden ausgedacht, darunter Jürgen Alberts, Fred Breinersdorfer, Franzobel, Frank Goosen, Radek Knapp, Michael Köhlmeier, Sky Nonhoff, Burkhard Spinnen, Henning Venske und Zé do Rock. Lassen Sie sich überraschen, wovon die Geschichten erzählen, ob von Verführung oder Gelegenheit, vom Reiz schöner Augen oder aufregender Dessous, von Nachbars Kirschen oder Hausmannskost, ob die Liebe vor dem Sex oder der Sex vor der Liebe kommt, und vielleicht wird auch überhaupt vom Kommen die Rede sein.